U0056909

瑞蘭國際

瑞蘭國際

基礎英語必修700句速成

人氣名師
王忠義 著

作者序｜

這是一本絕對值得您採用的句型書！

凡事基礎為要，學英語也一樣。

在台灣學英語，一要學會 KK 音標，自己能用音標拼出任何老師沒教過的英語生字，才叫做有「自己拼唸單字的能力」。學會拼唸生字的能力後，接著大量背記單字和片語，打好英語的「底」。二要學會文法，句子才看得懂、記得住、用得出，使用於寫作、會話、考試上。為此，筆者著有《基礎英語必修　KK 音標 · 自然發音同步速成》、《基礎英語必修　1200 單字速成》、《9 ～ 99 歲都能輕鬆學會！基礎英語文法速成》三本書，供各界參考或研習。

本書是筆者繼上列三本書之後的著作。筆者編的任何一本書都是長年教學經驗累積的心得，每一本書的最高宗旨都是：「老師要好教、學生要好學、效果要好」。所以本書像前三本書一樣，依然充滿了很多的創意教學。

本書除了用心挑選出基礎英語必修的 700 個句型外，針對其中重要的句子都做詳細的「文法說明」，讓讀者好懂好記，好運用於聽、說、讀、寫。另外，本書另規劃了「讀」、「說 · 寫」、「聽」的區域，可做聽、說、讀、寫四合一的訓練，效果加倍。凡是看過本書的英語教師、家長，用過本書的學生都讚說，這是編得最棒的句型書。

感謝瑞蘭出版社社長王愿琦及編輯部惠允出版本書；感謝主編葉仲芸、編輯紀珊、林家如的辛勞，尤其是家如更是親自打字把筆者的潦草手寫稿變成電子檔，紀珊也參與了光碟的錄音工作。另外，也要感謝美編劉麗雪、陳如琪把本書設計得既美觀又亮眼。

藉此更要感謝採用本書的學校、老師及讀者您對本書的肯定。

本書雖力求完美，難免有不周之處，尚請來電指正。電話：0911-061610。

王忠義

2015 年 12 月於台北市萬華

HOW TO USE THIS BOOK

如何使用本書｜

LEVEL 1 ～ 7

本書內容涵蓋生活常用句子（例如問候語、疑問句、電話用語），以及文法重點句子（例如副詞子句、現在完成式）等英語最基礎、最重要的 700 句，依難易度分成 LEVEL 1 ～ 7，由淺入深，循序漸進，學習更踏實。

要進入新的主題囉！

將句子依主題分類，學習更有系統！全書共有 147 個主題，讓你一網打盡學好基礎英語必學句型，還可檢視自己對哪個主題不熟，對症下藥，補強不足！

讀

讀讀看左頁的句子，多讀多唸、讀熟讀透，讀到可以脫口而出。

刊頭特地設有 10 個○，每讀完一次就把一個○塗黑成●，留下用功的記錄。

字對字中譯＋完整中譯

除了整句中文翻譯外，特別拆解句中每個單字的意思，讓你學好單字同時充分了解句子組成，融會貫通，不只是死記硬背！

句子說明

清楚解說句型、文法重點，所有基礎英語句型、文法的迷失，在此皆可獲得解答，讓你更好學、更好記！

基礎英語必修700句速成

LEVEL 1

讀

MP3-001

每讀完一次，就將下列白點塗黑一個，留下用功的記錄●●●●●●●●●●

讀讀看！會讀後，多讀多唸、讀熟讀透，讀到可以脫口而出。

｜要進入新的主題囉！▶**問候**｜

001 Good morning. ＝早安。
好的　早晨

002 Good afternoon. ＝午安。
好的　下午

003 Good evening. ＝晚安。
好的　晚上

004 Good night. ＝晚安。
好的　夜晚

005 Good night, Mary. ＝瑪莉，晚安。
好的　夜晚　瑪莉

｜要進入新的主題囉！▶**生日快樂**｜

006 Happy birthday. ＝祝生日快樂。
快樂的　生日

007 Happy birthday to you. ＝祝你生日快樂。
快樂的　生日　對　你

008 Happy birthday to you, Mary. ＝瑪莉，祝你生日快樂。
快樂的　生日　對　你　瑪莉

句子說明

005 （1）evening（晚上）是從太陽下山後黃昏到深夜 12 點。night（夜晚）是晚上接近較深夜、要就寢的時段，所以一般說晚安是用 Good evening，說 Good night 的時候則是道晚安，要就寢了。
（2）如果要說出說話對象的稱呼（譬如 Mary）則加上「,」即可，加在前，加在後皆可。Good night, Mary. ＝ Mary, good night.

書側索引

全書書側皆有 LEVEL 索引，好翻好學。

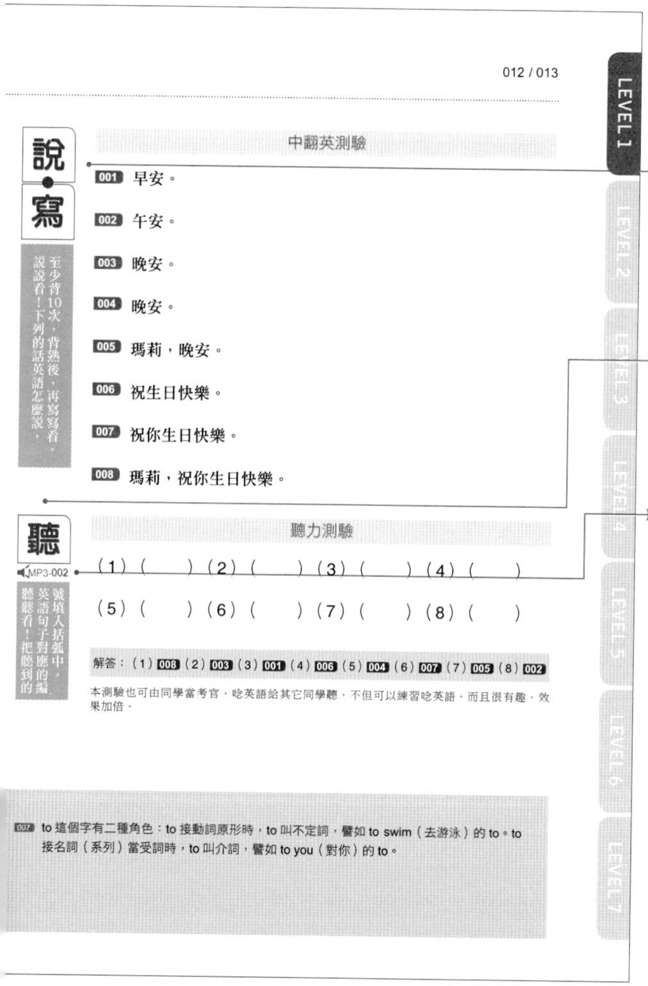
012 / 013

說・寫

說說看！下列的話英語怎麼說，至少背10次，背熟後，再寫寫看。

中翻英測驗

001 早安。

002 午安。

003 晚安。

004 晚安。

005 瑪莉，晚安。

006 祝生日快樂。

007 祝你生日快樂。

008 瑪莉，祝你生日快樂。

聽

MP3-002

聽聽看！把聽到的英語句子對應的編號填入括弧中。

聽力測驗

(1)（　）(2)（　）(3)（　）(4)（　）

(5)（　）(6)（　）(7)（　）(8)（　）

解答：(1) 008 (2) 003 (3) 001 (4) 006 (5) 004 (6) 007 (7) 005 (8) 002

本測驗也可由同學當考官，唸英語給其它同學聽，不但可以練習唸英語，而且很有趣，效果加倍。

007 to 這個字有二種角色：to 接動詞原形時，to 叫不定詞，譬如 to swim（去游泳）的 to。to 接名詞（系列）當受詞時，to 叫介詞，譬如 to you（對你）的 to。

LEVEL 1　LEVEL 2　LEVEL 3　LEVEL 4　LEVEL 5　LEVEL 6　LEVEL 7

說・寫（中翻英測驗）

讀完左頁的句子，再用右頁檢測實力吧！說說看、寫寫看，把中文翻成英文，看自己是不是都記起來了。

聽（聽力測驗）

聽聽看！把聽到的句子對應編號填入括弧中，聽力不知不覺也增強了。

MP3 序號

特聘美籍名師親錄標準英語朗讀 MP3，一次慢速＋一次正常語速，跟著唸出一口漂亮、道地的英語！同時加錄中文翻譯，就算不帶書本也可以隨時聽，學習效果加倍！

CONTENTS

LEVEL 1

LEVEL 2

LEVEL 3

CONTENTS

LEVEL 4

LEVEL 5

LEVEL 6

LEVEL 7

Learning does not stop as long as a man lives.
人只要活著，學習就不該停止。

～ **Hutchins 胡欽斯**

LEVEL 1

讀

MP3-001

每讀完一次，就將下列白點塗黑一個，留下用功的記錄●●●●●●●●●●
讀讀看！會讀後，多讀多唸、讀熟讀透，讀到可以脫口而出。

要進入新的主題囉！▶問候

001 Good morning. ＝早安。
好的　早晨

002 Good afternoon. ＝午安。
好的　下午

003 Good evening. ＝晚安。
好的　晚上

004 Good night. ＝晚安。
好的　夜晚

005 Good night, Mary. ＝瑪莉，晚安。
好的　夜晚　瑪莉

要進入新的主題囉！▶生日快樂

006 Happy birthday. ＝祝生日快樂。
快樂的　生日

007 Happy birthday to you. ＝祝你生日快樂。
快樂的　生日　對　你

008 Happy birthday to you, Mary. ＝瑪莉，祝你生日快樂。
快樂的　生日　對　你　瑪莉

句子說明

005 （1）evening（晚上）是從太陽下山後黃昏到深夜 12 點。night（夜晚）是晚上接近較深夜、要就寢的時段，所以一般說晚安是用 Good evening，說 Good night 的時候則是道晚安，要就寢了。

（2）如果要說出說話對象的稱呼（譬如 Mary）則加上「,」即可，加在前，加在後皆可。Good night, Mary. ＝ Mary, good night.

說・寫

說說看！下列的話英語怎麼說，至少背10次，背熟後，再寫寫看。

中翻英測驗

001 早安。

002 午安。

003 晚安。

004 晚安。

005 瑪莉，晚安。

006 祝生日快樂。

007 祝你生日快樂。

008 瑪莉，祝你生日快樂。

聽

MP3-002

聽聽看！把聽到的英語句子對應的編號填入括弧中。

聽力測驗

(1) (　　) (2) (　　) (3) (　　) (4) (　　)

(5) (　　) (6) (　　) (7) (　　) (8) (　　)

解答：(1) 008 (2) 003 (3) 001 (4) 006 (5) 004 (6) 007 (7) 005 (8) 002

本測驗也可由同學當考官，唸英語給其它同學聽，不但可以練習唸英語，而且很有趣，效果加倍。

007 to 這個字有二種角色：to 接動詞原形時，to 叫不定詞，譬如 to swim（去游泳）的 to。to 接名詞（系列）當受詞時，to 叫介詞，譬如 to you（對你）的 to。

讀

MP3-003

每讀完一次，就將下列白點塗黑一個，留下用功的記錄●●●●●●●●●●●
讀讀看！會讀後，多讀多唸、讀熟讀透，讀到可以脫口而出。

要進入新的主題囉！▶歡迎

009 Welcome to my house. =歡迎到我家。
歡迎 到 我的 家

010 Welcome home. =歡迎回家。
歡迎 回家

011 Welcome here. =歡迎到這裡。
歡迎 在這裡

要進入新的主題囉！▶感謝

012 Thank you. / Thanks. =謝謝你。 / 謝謝。
謝謝 你 謝謝

013 Thank you very much. =Thanks a lot. =非常謝謝你。
謝謝 你 非常地 多地 謝謝 很；非常

014 You are welcome. =你是受歡迎的。（也可譯成「不客氣」）
你 是 受歡迎的

015 Not at all. =一點也不。（也可譯成「不客氣」、「不要緊」）
不 在全部

016 No problem. =沒問題。（也可譯成「不客氣」）
沒 問題

句子說明

011 英語文法規定，只有及物動詞 v.t. 和介詞 prep. 可以接名詞當受詞。009、010、011 的 welcome 是當不及物動詞 v.i.，不能接受詞，所以 009 Welcome to my house. 中 welcome 要先加上介詞 to（到）才可以接受詞 my house。而 010、011 中的 home 和 here 是（地點）副詞，不是受詞，所以前面不必有介詞 to。

說・寫

至少背10次，背熟後，再寫寫看。說說看！下列的話英語怎麼說，

中翻英測驗

009 歡迎到我家。

010 歡迎回家。

011 歡迎到這裡。

012 謝謝你。/ 謝謝。

013 非常謝謝你。

014 你是受歡迎的。（也可譯成「不客氣」）

015 一點也不。（也可譯成「不客氣」、「不要緊」）

016 沒問題。（也可譯成「不客氣」）

聽

MP3-004

號填入括弧中。英語句子對應的編聽聽看！把聽到的

聽力測驗

（1）（　　）（2）（　　）（3）（　　）（4）（　　）

（5）（　　）（6）（　　）（7）（　　）（8）（　　）

解答：（1）015（2）009（3）011（4）016（5）013（6）010（7）014（8）012

本測驗也可由同學當考官，唸英語給其它同學聽，不但可以練習唸英語，而且很有趣，效果加倍。

014 本句的 welcome 是形容詞在 be 動詞 are 後面當補語。be 動詞後面常接三種東西當補語：一是名詞區當補語，二是形容詞當補語，三是介詞片語當補語。

讀

MP3-005

每讀完一次，就將下列白點塗黑一個，留下用功的記錄●●●●●●●●●●
讀讀看！會讀後，多讀多唸、讀熟讀透，讀到可以脫口而出。

要進入新的主題囉！▶讚美

017 **You are nice. ＝你人很好。**
你　是　好的；和善的

018 **It is nice of you. ＝你人很好。**
它是 好的 於　你

要進入新的主題囉！▶認同

019 **That's right. ＝你說得對。**
那　是　對的

020 **You're right. ＝你說得對。**
你　是　對的

021 **You can say that again. ＝你說得對。**
你　能　說　那　再

要進入新的主題囉！▶道歉

022 **Excuse me. ＝不好意思。**
寬恕　我

023 **I'm sorry. ＝我很抱歉。**
我是 抱歉的

024 **I'm sorry. ＝我很遺憾。**
我是 遺憾的

句子說明

017、018 英文是活的，同一種意思有時候有不同的表達方式。017 You are nice. 是用 You 當主詞，018 It is nice of you. 是用 it 當主詞。

022～024 （1）022 Excuse me. 是禮貌性的婉轉用語，譬如：不好意思、借過，都可以使用。
（2）I'm sorry. 若譯成「我很抱歉。」是用在對不住人家，請求原諒的意思。

說•寫

至少背10次，背熟後，再寫寫看。說說看！下列的話英語怎麼說，

中翻英測驗

017 你人很好。

018 你人很好。

019 你說得對。

020 你說得對。

021 你說得對。

022 不好意思。

023 我很抱歉。

024 我很遺憾。

聽

MP3-006

號填入括弧中。英語句子對應的編聽聽看！把聽到的

聽力測驗

(1)(　　)(2)(　　)(3)(　　)(4)(　　)

(5)(　　)(6)(　　)(7)(　　)(8)(　　)

解答：(1) 019 (2) 024 (3) 017 (4) 023 (5) 020 (6) 021 (7) 018 (8) 022

本測驗也可由同學當考官，唸英語給其它同學聽，不但可以練習唸英語，而且很有趣，效果加倍。

I'm sorry. 若譯成「我很遺憾。」是用在人家有不幸的情事，用來表示同情、安慰之意。

※附加一句「I beg your pardon.（我懇求你的原諒。）」是用在對談時，若聽不懂或聽不清人家講什麼，希望對方再說一次的用語，可譯成「請再說一次」。

讀

MP3-007

每讀完一次，就將下列白點塗黑一個，留下用功的記錄●●●●●●●●●●
讀讀看！會讀後，多讀多唸、讀熟讀透，讀到可以脫口而出。

要進入新的主題囉！▶道歉（續）

025 **It's all right. (=That's all right.)** ＝沒關係。
它是全部 對的　那 是全部 對的

026 **It's OK. (=That's OK.)** ＝沒關係。
它是 OK　那 是 OK

027 **Never mind.** ＝沒關係。
絕不 介意

028 **Take it easy.** ＝放輕鬆。
使 它輕鬆的

要進入新的主題囉！▶糟糕

029 **That's too bad.**（常縮寫成 Too bad.）＝真糟糕；太糟了。
那 是 太 糟的

要進入新的主題囉！▶怎麼了？

030 **What's up?** ＝什麼事？；怎麼了？
什麼 是 要事

031 **What's the matter?** ＝怎麼了？
什麼 是 這 事情

032 **What's wrong?** ＝怎麼了？
什麼 是 錯的；不對勁的

033 **What happened?** ＝怎麼了？
什麼 發生了

句子說明

027 never 常譯成「從不；未曾；絕不」。

說・寫

至少背10次，背熟後，再寫寫看。說說看！下列的話英語怎麼說，

中翻英測驗

025 沒關係。

026 沒關係。

027 沒關係。

028 放輕鬆。

029 真糟糕；太糟了。

030 什麼事？；怎麼了？

031 怎麼了？

032 怎麼了？

033 怎麼了？

聽

MP3-008

號填入括弧中。英語句子對應的編聽聽看！把聽到的

聽力測驗

（1）（　　）（2）（　　）（3）（　　）（4）（　　）

（5）（　　）（6）（　　）（7）（　　）（8）（　　）

（9）（　　）

解答：（1）030（2）025（3）028（4）033（5）027（6）032（7）031（8）026
（9）029

本測驗也可由同學當考官，唸英語給其它同學聽，不但可以練習唸英語，而且很有趣，效果加倍。

讀

MP3-009

每讀完一次，就將下列白點塗黑一個，留下用功的記錄●●●●●●●●●●讀讀看！會讀後，多讀多唸、讀熟讀透，讀到可以脫口而出。

要進入新的主題囉！▶怎麼了？（續）

034 What's the matter with you? ＝你怎麼了？
什麼 是 這 事情 於 你

035 What's wrong with you? ＝你怎麼了？
什麼 是 不對勁的 於 你

036 What happened to you? ＝你怎麼了？
什麼 發生了 對 你

要進入新的主題囉！▶那……呢？；那……如何？

037 How about you? =What about you? ＝那你呢？
如何 關於 你 什麼 關於 你

038 How about him? ＝那他呢？
如何 關於 他

039 How about going shopping? ＝去購物如何？
如何 關於 去 購物

要進入新的主題囉！▶打招呼

040 Say hello. ＝打招呼。
說 哈囉

041 Say hello to Tom. ＝跟湯姆打招呼。
說 哈囉 對 湯姆

句子說明

036 以 What happened?（怎麼了？）為例，若要說誰怎麼了，才加介詞，本句加的介詞是 to，譬如：What happened to you?（你怎麼了？）、What happened to him?（他怎麼了？）

038 about 是介詞，後面要接名詞（系列）當受詞，受詞若有特別受格，就要用特別受格，譬如：「他」有特別受格是「him」。所以要說 How about him? 不能說 How about he?

說•寫

至少背10次，背熟後，再寫寫看，說說看！下列的話英語怎麼說，

中翻英測驗

034 你怎麼了？

035 你怎麼了？

036 你怎麼了？

037 那你呢？

038 那他呢？

039 去購物如何？

040 打招呼。

041 跟湯姆打招呼。

聽

MP3-010

號填入括弧中。英語句子對應的編聽聽看！把聽到的

聽力測驗

(1) (　　) (2) (　　) (3) (　　) (4) (　　)

(5) (　　) (6) (　　) (7) (　　) (8) (　　)

解答：(1) 037 (2) 039 (3) 035 (4) 038 (5) 040 (6) 034 (7) 041 (8) 036

本測驗也可由同學當考官，唸英語給其它同學聽，不但可以練習唸英語，而且很有趣，效果加倍。

039 about 是介詞，後面接動詞時，動詞要變成動名詞 going，動名詞就是名詞才可以當介詞的受詞。所以，about 後面接 going shopping，不是 go shopping。

讀

MP3-011

每讀完一次，就將下列白點塗黑一個，留下用功的記錄●●●●●●●●●●
讀讀看！會讀後，多讀多唸、讀熟讀透，讀到可以脫口而出。

要進入新的主題囉！▶打招呼（續）

042 Hello, Tom. =Hi, Tom. ＝哈囉，湯姆。＝嗨，湯姆。
哈囉　湯姆　嗨　湯姆

043 I'm Jack. ＝我是傑克。
我是　傑克

044 This is Mary. ＝這位是瑪莉。
這位　是　瑪莉

045 That is Judy. ＝那位是茱蒂。
那位　是　茱蒂

046 This is my sister, Linda. ＝這位是我的妹妹，琳達。
這位　是我的　妹妹　琳達

047 Nice to meet you. ＝很高興認識你。（初相識的問候句型）
好的　去　遇見　你

答 Nice to meet you, too. ＝我也是。
好的　去　遇見　你　也

048 Nice to see you again.
好的　去看到　你　再

＝很高興再看到你。（用於已認識的問候句型）

答 Me, too. ＝我也是。
我　也

049 How do you do.

＝你好嗎？（用於初相識，也可譯成「你好！」）

答 How do you do.

＝你好嗎？（用於初相識，也可譯成「你好！」）

說・寫

至少背10次，背熟後，再寫寫看。說說看！下列的話英語怎麼說，

中翻英測驗

042 哈囉，湯姆。＝嗨，湯姆。

043 我是傑克。

044 這位是瑪莉。

045 那位是茱蒂。

046 這位是我的妹妹，琳達。

047 很高興認識你。

答 我也是。

048 很高興再看到你。

答 我也是。

049 你好嗎？（你好！）

答 你好嗎？（你好！）

聽

MP3-012

號填入括弧中。英語句子對應的編聽聽看！把聽到的

聽力測驗

（1）（　　）（2）（　　）（3）（　　）（4）（　　）

（5）（　　）（6）（　　）（7）（　　）（8）（　　）

解答：（1）046（2）042（3）049（4）043（5）044（6）048（7）047（8）045

本測驗也可由同學當考官，唸英語給其它同學聽，不但可以練習唸英語，而且很有趣，效果加倍。

讀

MP3-013

每讀完一次，就將下列白點塗黑一個，留下用功的記錄●●●●●●●●●●
讀讀看！會讀後，多讀多唸、讀熟讀透，讀到可以脫口而出。

要進入新的主題囉！▶打電話①

・假設狀況：你打電話給人家。假設要打給Tom（湯姆）。

050 Hello, is this Tom? ＝喂，是湯姆嗎？
哈囉　是 這位　湯姆

051 Tom, please. ＝麻煩幫我接湯姆。
湯姆　　請

052 Is Tom in? ＝湯姆在嗎？
是　湯姆　在

Is Tom there? ＝湯姆在嗎？
是　湯姆　在那裡

053 May I speak to Tom? ＝我可以和湯姆說話嗎？
可以 我　說　對　湯姆

・假設狀況：人家打電話來，要找Jack（傑克），而你就是Jack，而且正好接到電話。

054 This is Jack. ＝我就是傑克。
這位 是 傑克

055 This is Jack speaking. ＝我就是傑克。
這位 是 傑克　在說話

056 This is he. ＝我就是他。
這位 是 他

057 Speaking. ＝我就是。
正在說

056 注意，若你是女生，要用 This is she.（我就是她。）

說・寫

至少背10次，背熟後，再寫寫看。說說看！下列的話英語怎麼說，

中翻英測驗

050 喂，是湯姆嗎？

051 麻煩幫我接湯姆。

052 湯姆在嗎？

053 我可以和湯姆說話嗎？

054 我就是傑克。

055 我就是傑克。

056 我就是他。

057 我就是。

聽

MP3-014

聽聽看！把聽到的英語句子對應的編號填入括弧中。

聽力測驗

(1)（　　）(2)（　　）(3)（　　）(4)（　　）

(5)（　　）(6)（　　）(7)（　　）(8)（　　）

解答：(1) 051 (2) 053 (3) 055 (4) 057 (5) 050 (6) 056 (7) 054 (8) 052

本測驗也可由同學當考官，唸英語給其它同學聽，不但可以練習唸英語，而且很有趣，效果加倍。

讀

MP3-015

每讀完一次，就將下列白點塗黑一個，留下用功的記錄●●●●●●●●●●
讀讀看！會讀後，多讀多唸、讀熟讀透，讀到可以脫口而出。

要進入新的主題囉！▶打電話②

・假設狀況：人家打電話來，是找別人，不是找你，但是你正好接到電話。

058 Hold on. ＝稍等。
握　在上（握住話筒）

059 He's not in. ＝他不在。
他 不是　在

She's not in. ＝她不在。
她 不是　在

060 Who's calling, please?
誰　正在打電話　請

＝請問誰打來電話？＝請問你是哪位來電？

061 Sorry, you have the wrong number.
抱歉的　你　做　這　錯的　號碼

＝抱歉，你打錯電話號碼。

要進入新的主題囉！▶打電話③

062 I am talking on the phone. ＝我正在講電話。
我　正在談　（在）這電話（上）

063 I am talking to Tom on the phone. ＝我正和湯姆在講電話。
我　正在談　對 湯姆（在）這電話（上）

句子說明

063 這個句型是用進行式，也就是 be 動詞＋現在分詞，表示「正在……」的意思。

說・寫

至少背10次，背熟後，再寫寫看。說說看！下列的話英語怎麼說，

中翻英測驗

058 稍等。

059 他不在。/ 她不在。

060 請問誰打來電話？＝請問你是哪位來電？

061 抱歉，你打錯電話號碼。

062 我正在講電話。

063 我正和湯姆在講電話。

聽

MP3-016

號填入括弧中。英語句子對應的編聽聽看！把聽到的

聽力測驗

(1) (　　) (2) (　　) (3) (　　) (4) (　　)

(5) (　　) (6) (　　)

解答：(1) 059 (2) 062 (3) 060 (4) 058 (5) 061 (6) 063

本測驗也可由同學當考官，唸英語給其它同學聽，不但可以練習唸英語，而且很有趣，效果加倍。

讀

MP3-017

每讀完一次，就將下列白點塗黑一個，留下用功的記錄●●●●●●●●●●
讀讀看！會讀後，多讀多唸、讀熟讀透，讀到可以脫口而出。

要進入新的主題囉！▶當然

064 **Of course. = Sure. ＝當然。**
確定的　確信的

065 **Of course not. ＝當然不是。**
確定的　不

066 **Come on. ＝少來了！/ 別這樣嘛！/ 來吧！**

要進入新的主題囉！▶各種加上介詞的句子

067 **Take care. ＝保重。**

068 **I take care of Tom. ＝我照顧湯姆。**
我　照顧　湯姆

069 **Look. ＝看！/ 瞧！**

070 **Look at me. ＝看我（這裡）。**
看　對　我

071 **Wait. ＝等等。**

句子說明

068 take care 加上介詞 of，變 take care of，是「照顧」的意思。

069 文法規定，只有及物動詞 v.t. 和介詞 prep. 可以接受詞。本句中的動詞 Look（看；瞧）是不及物動詞 v.i.，不能接受詞，若想要接受詞，必須加上介詞，才可以接受詞。070 加

說・寫

至少背10次，背熟後，再寫寫看。說說看！下列的話英語怎麼說，

中翻英測驗

064 當然。

065 當然不是。

066 少來了！/別這樣嘛！/來吧！

067 保重。

068 我照顧湯姆。

069 看！/瞧！

070 看我（這裡）。

071 等等。

聽

MP3-018

號填入括弧中。英語句子對應的編聽聽看！把聽到的

聽力測驗

(1)(　　)(2)(　　)(3)(　　)(4)(　　)

(5)(　　)(6)(　　)(7)(　　)(8)(　　)

解答：(1) 067 (2) 069 (3) 064 (4) 071 (5) 068 (6) 065 (7) 070 (8) 066

本測驗也可由同學當考官，唸英語給其它同學聽，不但可以練習唸英語，而且很有趣，效果加倍。

上的介詞是 at，受詞是 me（我）。067～084，我們學習到的是加上下列介詞：of、at、for、with、from、as 之後的句型及延伸出來的意思。

讀

MP3-019

每讀完一次，就將下列白點塗黑一個，留下用功的記錄●●●●●●●●●●●
讀讀看！會讀後，多讀多唸、讀熟讀透，讀到可以脫口而出。

要進入新的主題囉！▶各種加上介詞的句子（續）

072 **Wait for me. ＝等等我。**
等　為　我

073 **I am late. ＝我遲到。**
我 是 遲的

074 **I am late for school. ＝我上學遲到。**
我 是 遲的 赴　學校

075 **I am ready. ＝我準備好了。**
我 是 準備好的

076 **I am ready for the party. ＝我準備好去參加派對。**
我 是 準備好的 赴　這　派對

077 **This restaurant is famous. ＝這家餐館很出名。**
這家　餐館　是 著名的

078 **This restaurant is famous for its snacks.**
這家　餐館　是 著名的　以 它的 點心

＝這家餐館以點心著名。

079 **The house is full of people. ＝這房子滿滿是人。**
這　房子　是滿的 於　人

080 **The house is filled with people. ＝這房子滿滿是人。**
這　房子　被充滿　以　人

081 **This book is different. ＝這本書是不同的。**
這本　書　是　不同的

072、074、076、078 都是因為表達的需要才加上介詞 for，再接受詞。
079、080 也有用到介詞 of 和 with，full 加介詞 of；filled 加介詞 with。特別要說明的是：在

說•寫

至少背10次，背熟後，再寫寫看。說說看！下列的話英語怎麼說，

中翻英測驗

072 等等我。

073 我遲到。

074 我上學遲到。

075 我準備好了。

076 我準備好去參加派對。

077 這家餐館很出名。

078 這家餐館以點心著名。

079 這房子滿滿是人。

080 這房子滿滿是人。

081 這本書是不同的。

聽

MP3-020

號填入括弧中。英語句子對應的編聽聽看！把聽到的

聽力測驗

（1）（　　）（2）（　　）（3）（　　）（4）（　　）

（5）（　　）（6）（　　）（7）（　　）（8）（　　）

（9）（　　）（10）（　　）

解答：（1）075（2）072（3）078（4）074（5）080（6）079（7）076（8）081（9）077（10）073

本測驗也可由同學當考官，唸英語給其它同學聽，不但可以練習唸英語，而且很有趣，效果加倍。

The house is filled with people. 中，be 動詞 is 和 fill 的過去分詞 filled，合起來叫做現在簡單式被動，譯成「被充滿」，是屬於「被動語態」的一種時態。

讀

MP3-021

每讀完一次，就將下列白點塗黑一個，留下用功的記錄●●●●●●●●●●
讀讀看！會讀後，多讀多唸、讀熟讀透，讀到可以脫口而出。

要進入新的主題囉！▶各種加上介詞的句子（續）

082 **This book is different from that one.**
這本　書　是　不同的　於　那一（本書）

＝這本書和那一本不同。

083 **His name and mine are the same.** ＝他的名字和我的相同。
他的　名字　和　我的　是　相同的

084 **This book is the same as that one.** ＝這本書和那一本相同。
這本　書　是　相同的　像　那一（本書）

要進入新的主題囉！▶做什麼用的？為誰做的？

085 **What for?** ＝做什麼用的？
什麼　為

086 **What is the cake for?** ＝這蛋糕是做什麼用的？
什麼　是　這　蛋糕　為

087 **Who for?** ＝為誰（做）的？
誰　為

088 **Who is the cake for?** ＝這蛋糕是為誰（做）的？
誰　是　這　蛋糕　為

要進入新的主題囉！▶為何？

089 **How come?** ＝如何來著？；為何？
如何　來

句子說明

082、084 會用到介詞 from 和 as，也是因為表達的需要才加上去的。different 配 from，the same 配 as，是英文的習慣。

說說看！下列的話英語怎麼說，至少背10次，背熟後，再寫寫看。

中翻英測驗

082 這本書和那一本不同。

083 他的名字和我的相同。

084 這本書和那一本相同。

085 做什麼用的？

086 這蛋糕是做什麼用的？

087 為誰（做）的？

088 這蛋糕是為誰（做）的？

089 如何來著？；為何？

聽

MP3-022

聽聽看！把聽到的英語句子對應的編號填入括弧中。

聽力測驗

（1）（　　）（2）（　　）（3）（　　）（4）（　　）

（5）（　　）（6）（　　）（7）（　　）（8）（　　）

解答：（1）085（2）082（3）087（4）088（5）083（6）084（7）089（8）086

本測驗也可由同學當考官，唸英語給其它同學聽，不但可以練習唸英語，而且很有趣，效果加倍。

讀

MP3-023

每讀完一次，就將下列白點塗黑一個，留下用功的記錄●●●●●●●●●●●
讀讀看！會讀後，多讀多唸、讀熟讀透，讀到可以脫口而出。

要進入新的主題囉！▶為何？（續）

090 **How come you didn't call me last night?**
為何 你 沒打電話給我 昨夜

＝你昨夜為何沒打電話給我？

要進入新的主題囉！▶其他的

091 **Who else?** ＝（其他）還有誰？
誰 其他的

092 **What else?** ＝（其他）還有什麼？
什麼 其他的

093 **How else?** ＝（其他）還能如何？；還有何辦法？
如何 其他的

要進入新的主題囉！▶想知道；驚奇

094 **I wonder who he is.** ＝我想知道他是誰。
我 想知道 誰 他 是

095 **I am wondering who he is.** ＝我想知道他是誰。
我 想知道 誰 他 是

096 **I want to know who he is.** ＝我想知道他是誰。
我 想要 知道 誰 他 是

句子說明

090 助動詞 do 系列有 do、does、did。did 是 do 系列的過去式，本句中的 didn't 是 did 的否定口氣，譯成「不、沒、別」。助動詞是幫助動詞表達口氣（包括否定口氣、疑問口氣、簡答口氣）的一種詞類。

說・寫

至少背10次，背熟後，再寫寫看。說說看！下列的話英語怎麼說，

中翻英測驗

090 你昨夜為何沒打電話給我？

091 （其他）還有誰？

092 （其他）還有什麼？

093 （其他）還能如何？；還有何辦法？

094 我想知道他是誰。

095 我想知道他是誰。

096 我想知道他是誰。

聽

MP3-024

聽聽看！把聽到的英語句子對應的編號填入括弧中。

聽力測驗

（1）（　　）（2）（　　）（3）（　　）（4）（　　）

（5）（　　）（6）（　　）（7）（　　）

解答：（1）092（2）094（3）096（4）091（5）090（6）095（7）093

本測驗也可由同學當考官，唸英語給其它同學聽，不但可以練習唸英語，而且很有趣，效果加倍。

094 wonder 當動詞時，可譯成「想知道」和「驚奇」，在本句中是譯成「想知道」。

讀

MP3-025

每讀完一次，就將下列白點塗黑一個，留下用功的記錄●●●●●●●●●●
讀讀看！會讀後，多讀多唸、讀熟讀透，讀到可以脫口而出。

要進入新的主題囉！▶想知道；驚奇（續）

097 The singer is no wonder. ＝這歌手並不出色。
這　歌手　是 沒　驚奇
（＝並不出色）

098 Tom is a good boy. No wonder you like him.
湯姆 是一 好的 男孩 沒　驚奇　你 喜歡 他
（＝難怪）

＝湯姆是一位好的男孩。難怪你喜歡他。

要進入新的主題囉！▶介詞 with（與、用、有著、有了）

099 I play basketball with Tom. ＝我和湯姆打籃球。
我 打　籃球　與　湯姆

100 The Chinese eat with chopsticks. ＝中國人用筷子吃東西。
中國人　吃　用　筷子

101 The girl with long hair is Mary.
那 女孩 有著 長的 頭髮 是 瑪莉

＝有著長頭髮的那個女孩是瑪莉。

102 With your help, I can finish the work earlier.
有了 你的 幫忙 我 能　完成　這　工作　更早地

＝有了你的幫忙，我能早點完成工作。

句子說明

098 wonder 當名詞時，也常譯成「驚奇」，本句中，no wonder（沒驚奇）譯成「難怪」，是擔任連接詞角色，後面接一句話（you like him）。

說・寫

至少背10次，背熟後，再寫寫看。說說看！下列的話英語怎麼說，

中翻英測驗

097 這歌手並不出色。

098 湯姆是一位好的男孩。難怪你喜歡他。

099 我和湯姆打籃球。

100 中國人用筷子吃東西。

101 有著長頭髮的那個女孩是瑪莉。

102 有了你的幫忙，我能早點完成工作。

聽

MP3-026

號填入括弧中。英語句子對應的編聽聽看！把聽到的

聽力測驗

(1)(　　)(2)(　　)(3)(　　)(4)(　　)

(5)(　　)(6)(　　)

解答：(1) 100 (2) 099 (3) 102 (4) 097 (5) 101 (6) 098

本測驗也可由同學當考官，唸英語給其它同學聽，不但可以練習唸英語，而且很有趣，效果加倍。

099～102 是特別説明介詞 with。with 最常見的意思是「與、用、有著、有了」，要記下來。

讀

MP3-027

每讀完一次，就將下列白點塗黑一個，留下用功的記錄●●●●●●●●●●
讀讀看！會讀後，多讀多唸、讀熟讀透，讀到可以脫口而出。

要進入新的主題囉！▶ be 動詞現在式 am / are / is

103 **I am a student.** ＝我是一位學生。
我 是 一 學生

104 **You are a teacher.** ＝你是一位老師。
你 是 一 老師

105 **He is a doctor.** ＝他是一位醫生。
他 是一 醫生

106 **She is a doctor, too.** ＝她也是一位醫生。
她 是一 醫生 也

107 **She is not a nurse.** ＝她不是一位護士。
她 不是 一 護士

108 **He is not a nurse, either.** ＝他也不是一位護士。
他 不是 一 護士 也

109 **They are good friends.** ＝他們是好的朋友。
他們 是 好的 朋友

要進入新的主題囉！▶一般動詞命令句、祈使句

110 **Stand up.** ＝站起來！
站 往上

103～109 am、are、is叫做be動詞，I（我）用am，You（你）和第三人稱複數（譬如they他們）用are，第三人稱單數（譬如he他、she她）用is。這幾句叫做be動詞的句型，be動詞的句型若改疑問句就把be動詞am、are、is放句首，變成Am I...?（我是……嗎？）、Are you...?（你是……嗎？）、Is he...?（他是……嗎？）、Is she...?（她是……嗎？）。若為了講話需要，也可以加上疑問詞，譬如加上how（如何），變

說・寫

至少背10次，背熟後，再寫寫看。說說看！下列的話英語怎麼說，

中翻英測驗

103 我是一位學生。

104 你是一位老師。

105 他是一位醫生。

106 她也是一位醫生。

107 她不是一位護士。

108 他也不是一位護士。

109 他們是好的朋友。

110 站起來！

聽

MP3-028

號填入括弧中。英語句子對應的聽聽看！把聽到的編

聽力測驗

（1）（　　）（2）（　　）（3）（　　）（4）（　　）

（5）（　　）（6）（　　）（7）（　　）（8）（　　）

解答：（1）107（2）110（3）103（4）109（5）105（6）104（7）108（8）106

本測驗也可由同學當考官，唸英語給其它同學聽，不但可以練習唸英語，而且很有趣，效果加倍。

成 How are you?（你好嗎？）。另外要注意：too 放在句尾是「也」的意思，是用在肯定句。若否定句，那個「也」需要改用 either，這是英文的習慣。

110 Stand up. 是由 You stand up.（你站起來。）省略主詞 You 而來，Stand up. 叫做「命令句、祈使句」，也就是命令人家或拜託人家做什麼的句子。「命令句、祈使句」的特性是（1）省略主詞（一般是 you）（2）動詞用原形。本句是一般動詞 stand（站）的命令句、祈使句。

讀

MP3-029

每讀完一次，就將下列白點塗黑一個，留下用功的記錄●●●●●●●●●●
讀讀看！會讀後，多讀多唸、讀熟讀透，讀到可以脫口而出。

要進入新的主題囉！▶一般動詞命令句、祈使句（續）

111 **Please stand up. = Stand up, please. ＝請站起來！**
請 站 往上 站 往上 請

112 **Tom, please stand up. = Tom, stand up, please.**
湯姆 請 站 往上 湯姆 站 往上 請

= Please stand up, Tom. ＝湯姆，請站起來！
請 站 往上 湯姆

要進入新的主題囉！▶ be 動詞的命令句、祈使句

113 **Be a good boy. ＝要做個好男孩喔！**
是 一 好的 男孩

114 **Please be a good boy. = Be a good boy, please.**
請 要做個好男孩 要做個好男孩 請

＝請要做個好男孩！

115 **Tom, be a good boy. = Be a good boy, Tom.**
湯姆 要做個好男孩 要做個好男孩 湯姆

＝湯姆，要做個好男孩喔！

句子說明

111 命令句、祈使句可以加 please（請），please 加在前、加在後都可以，但加在後面時，please 前面要有逗號「,」。

112 命令句、祈使句中若還要再加稱呼（譬如 Tom 湯姆），則稱呼一律加在最外圍，加在最前面或最後面皆可，但都要有逗號「,」。

＊小結論：當命令句、祈使句有用到稱呼（譬如 Tom）和 please（請）的時候，有三

說・寫

至少背10次，背熟後，再寫寫看。說說看！下列的話英語怎麼說，

中翻英測驗

111 請站起來！

112 湯姆，請站起來。

113 要做個好男孩喔！

114 請要做個好男孩！

115 湯姆，要做個好男孩喔！

聽

MP3-030

號填入括弧中。英語句子對應的編聽聽看！把聽到的

聽力測驗

（1）（　　）（2）（　　）（3）（　　）（4）（　　）

（5）（　　）

解答：（1）114（2）111（3）115（4）113（5）112

本測驗也可由同學當考官，唸英語給其它同學聽，不但可以練習唸英語，而且很有趣，效果加倍。

種排列法：（1）稱呼和 please 都放前面。（2）稱呼放前面，please 放後面。（3）please 放前面，稱呼放後面。本句中有列出三種排列法。

113 這個句子是 be 動詞的命令句、祈使句，是由 You are a good boy. 變來的。其中主詞 You 省略，be 動詞 are 變原形「be」。

115 這個句子是 be 動詞的命令句、祈使句加上稱呼 Tom，稱呼一定在最外圍。

讀

MP3-031

每讀完一次，就將下列白點塗黑一個，留下用功的記錄●●●●●●●●●●
讀讀看！會讀後，多讀多唸、讀熟讀透，讀到可以脫口而出。

要進入新的主題囉！▶ be 動詞的命令句、祈使句（續）

116 **Tom, please be a good boy. = Tom, be a good boy, please.**
湯姆 請 要做個好男孩 湯姆 要做個好男孩 請

= Please be a good boy, Tom. ＝湯姆，請要做個好男孩喔！
請 要做個好男孩 湯姆

117 **Be happy. ＝要快樂喔！**
是 快樂的

118 **Please be happy. = Be happy, please. ＝請要快樂喔！**
請 要快樂 要快樂 請

要進入新的主題囉！▶不要……

119 **Don't stand up. ＝不要站起來！**
別 站 往上

120 **Don't be a good boy. ＝不要做個好男孩喔！**
別 做個好男孩

121 **Don't be happy. ＝不要快樂喔！**
別 要快樂

要進入新的主題囉！▶讓……

122 **Let us go. =Let's go. ＝我們走吧！**
讓 我們走

句子說明

116 這個句子是加上 please（請）又加上稱呼 Tom，稱呼 Tom 一定在最外圍。
117 這個句子也是 be 動詞的句子，是由 You are happy. 變來的。其中主詞 You 省略，be 動詞 are 變原形「be」。

說·寫

至少背10次，背熟後，再寫寫看。說說看！下列的話英語怎麼說，

中翻英測驗

116 湯姆，請要做個好男孩喔！

117 要快樂喔！

118 請要快樂喔！

119 不要站起來！

120 不要做個好男孩喔！

121 不要快樂喔！

122 我們走吧！

聽

MP3-032

號填入括弧中。英語句子對應的編聽聽看！把聽到的

聽力測驗

（1）（　　）（2）（　　）（3）（　　）（4）（　　）

（5）（　　）（6）（　　）（7）（　　）

解答：（1）119（2）116（3）121（4）122（5）118（6）120（7）117

本測驗也可由同學當考官，唸英語給其它同學聽，不但可以練習唸英語，而且很有趣，效果加倍。

121 助動詞 Don't 是 do not 的縮寫，是代表否定的口氣，可譯成「不；沒；別」。一般命令句、祈使句的否定是加上助動詞 Don't。

讀

MP3-033

每讀完一次，就將下列白點塗黑一個，留下用功的記錄●●●●●●●●●●

讀讀看！會讀後，多讀多唸、讀熟讀透，讀到可以脫口而出。

要進入新的主題囉！▶讓……（續）

123 **Let's not go. ＝我們不要走吧！**
讓我們 別 走

124 **Let him go. ＝讓他走吧！**
讓 他 走

125 **Don't let her go. ＝別讓她走！**
別 讓 她 走

126 **Don't let him go. ＝別讓他走！**
別 讓 他 走

要進入新的主題囉！▶現在進行式

127 **I am playing basketball. ＝我正在打籃球。**
我 正在打 籃球

128 **You are playing basketball. ＝你正在打籃球。**
你 正在打 籃球

129 **He is playing basketball. ＝他正在打籃球。**
他 正在打 籃球

130 **Are you playing basketball? ＝你正在打籃球嗎？**
你 正在打 籃球

答 **Yes, I am.** **No. I am not.**
是的 我 是 不 我 不是

句子說明

123 Let（讓……）這種句型也是命令句、祈使句的另一種表示方式。要注意的是，Let's go. 這種句型的否定要特別改用 Let's not go. 而不是用一般的 Don't let's go.

125、126 let us 可縮寫成 let's，let her 和 let him 沒有縮寫。Let's go 的否定只有 Let's not go.；Let her go 和 Let him go. 的否定則只有一種：Don't let her go. 和 Don't let him go.，都是一般否定的表示方式，最常見。

說．寫

至少背10次，背熟後，再寫寫看。說說看！下列的話英語怎麼說，

中翻英測驗

123 我們不要走吧！

124 讓他走吧！

125 別讓她走！

126 別讓他走！

127 我正在打籃球。

128 你正在打籃球。

129 他正在打籃球。

130 你正在打籃球嗎？

答 是的，我是。/ 不，我不是。

聽

MP3-034

號填入括弧中。英語句子對應的編聽聽看！把聽到的

聽力測驗

(1) (　　) (2) (　　) (3) (　　) (4) (　　)

(5) (　　) (6) (　　) (7) (　　) (8) (　　)

解答：(1) 126 (2) 130 (3) 123 (4) 125 (5) 129 (6) 124 (7) 127 (8) 128

本測驗也可由同學當考官，唸英語給其它同學聽，不但可以練習唸英語，而且很有趣，效果加倍。

129 be 動詞＋ Ving 現在分詞＝進行式（正在……；正……著）也是英文動詞的動作方式之一。am、are、is ＋ Ving ＝現在進行式，表示動作的時空是在「現在時空」，動作方式是「進行式」。

130 You are playing basketball. 把 be 動詞 are 放前面就變疑問句 Are you playing basketball?

讀

MP3-035

每讀完一次，就將下列白點塗黑一個，留下用功的記錄●●●●●●●●●●
讀讀看！會讀後，多讀多唸、讀熟讀透，讀到可以脫口而出。

要進入新的主題囉！▶現在進行式（續）

131 **What are you doing?** ＝你（正）在做什麼？
什麼　你正在做

答 **I am playing basketball.** ＝我正在打籃球。
我　正在打　籃球

要進入新的主題囉！▶……是什麼？

132 **What is this?** ＝這是什麼？
什麼 是 這

133 **What is that?** ＝那是什麼？
什麼 是 那

134 **It is a book.** ＝它是一本書。
它是一 書

135 **It is a book for you.** ＝它是（要）給你的一本書。
它是一 書 給 你

136 **It is a book from Tom.** ＝它是從湯姆那裡拿的書。
它是一 書 從 湯姆

137 **What are these?** ＝這些是什麼？
什麼 是 這些

138 **What are those?** ＝那些是什麼？
什麼 是 那些

句子說明

131 What are you doing? 的來源是：You are doing... 變 Are you doing...? 再加疑問詞 what 變 What are you doing? 任何 be 動詞的疑問句若有疑問詞（譬如 what），疑問詞要放句首，be 動詞放第二位。

135、136 It is a book for you. 句中的介詞片語 for you 和 136 It is a book from Tom. 句中的

說・寫

至少背10次，背熟後，再寫寫看。說說看！下列的話英語怎麼說，

中翻英測驗

131 你（正）在做什麼？

答 我正在打籃球。

132 這是什麼？

133 那是什麼？

134 它是一本書。

135 它是（要）給你的一本書。

136 它是從湯姆那裡拿的書。

137 這些是什麼？

138 那些是什麼？

聽

MP3-036

號填入括弧中。英語句子對應的編聽聽看！把聽到的

聽力測驗

（1）（　　）（2）（　　）（3）（　　）（4）（　　）

（5）（　　）（6）（　　）（7）（　　）（8）（　　）

解答：（1）132（2）136（3）134（4）138（5）131（6）135（7）137（8）133

本測驗也可由同學當考官，唸英語給其它同學聽，不但可以練習唸英語，而且很有趣，效果加倍。

介詞片語 from Tom 都是放在名詞 book（書）後面的形容詞，形容名詞 book。這種放在名詞後面形容名詞的形容詞，作者為之取名為「名詞後強調區」，若是介詞片語放在名詞後面當形容詞，則稱之為「名詞後介詞片語強調區」，如 135 的 for you 和 136 的 from Tom。

讀

MP3-037

每讀完一次，就將下列白點塗黑一個，留下用功的記錄●●●●●●●●●●
讀讀看！會讀後，多讀多唸、讀熟讀透，讀到可以脫口而出。

要進入新的主題囉！▶……是什麼？（續）

139 **They are books.** ＝它們是書。
它們 是 書

140 **These are for you.** ＝這些是給你的。
這些 是 給 你

141 **Those are for him.** ＝那些是給他的。
那些 是 給 他

要進入新的主題囉！▶問手機號碼、問姓名

142 **What is your cellphone number?** ＝你的手機號碼幾號？
什麼 是 你的 手機 號碼

答 **It is 0911-061-610.** ＝它是 0911-061-610。
它是 0911-061-610

143 **What is your name?** ＝你的名字是什麼？
什麼 是 你的 名字

144 **My name is Jack.** ＝我的名字是傑克。
我的 名字 是 傑克

145 **I am Jack, J-A-C-K.** ＝我是傑克，J-A-C-K。
我 是 傑克 J-A-C-K

句子說明

140、141 句子中，for 是介詞，for you、for him 是介詞片語，是在 be 動詞 are 後面當補語。

說・寫

至少背10次，背熟後，再寫寫看。說說看！下列的話英語怎麼說，

中翻英測驗

139 它們是書。

140 這些是給你的。

141 那些是給他的。

142 你的手機號碼幾號？

答 它是 0911-061-610。

143 你的名字是什麼？

144 我的名字是傑克。

145 我是傑克，J-A-C-K。

聽

MP3-038

號填入括弧中。英語句子對應的編聽聽看！把聽到的

聽力測驗

（1）（　　）（2）（　　）（3）（　　）（4）（　　）

（5）（　　）（6）（　　）（7）（　　）

解答：（1）144（2）139（3）145（4）140（5）142（6）141（7）143

本測驗也可由同學當考官，唸英語給其它同學聽，不但可以練習唸英語，而且很有趣，效果加倍。

讀

MP3-039

每讀完一次，就將下列白點塗黑一個，留下用功的記錄 ●●●●●●●●●●
讀讀看！會讀後，多讀多唸、讀熟讀透，讀到可以脫口而出。

要進入新的主題囉！▶有……

146 **There is a chair in the classroom.**
有　一椅子　（在）這教室（內）

＝（在）教室裡有一張椅子。

147 **Is there a chair in the classroom?**
有　一椅子　（在）這教室（內）

＝（在）教室裡有一張椅子嗎？

148 **There are two chairs in the classroom.**
有　二椅子　（在）這教室（內）

＝（在）教室裡有二張椅子。

149 **Are there two chairs in the classroom?**
有　二椅子　（在）這教室（內）

＝（在）教室裡有二張椅子嗎？

150 **What is there in the tree?** ＝樹上有什麼？
什麼　有　在 那　樹

答 **There are six birds in the tree.** ＝樹上有六隻鳥。
有　六　鳥　在 那　樹

句子說明

146～149 There is、There are（有）的句型，主詞要在後面，主詞是單數（譬如 a chair）用 there is，主詞是複數（譬如 two chairs）用 there are。改成疑問句時 There is 變 Is there...?；There are 變 Are there...?。回答時，肯定用 Yes, there are... 或 Yes, there is...；否定用 No, there are not... 或 No, there is not...。

150 這句的來源是：There is（有……）改疑問句 Is there...?（有……嗎？），再加上疑問詞

說・寫

至少背10次，背熟後，再寫寫看。說說看！下列的話英語怎麼說，

中翻英測驗

146 （在）教室裡有一張椅子。

147 （在）教室裡有一張椅子嗎？

148 （在）教室裡有二張椅子。

149 （在）教室裡有二張椅子嗎？

150 樹上有什麼？

答 樹上有六隻鳥。

聽

MP3-040

號填入括弧中。英語句子對應的編聽聽看！把聽到的

聽力測驗

（1）（　　）（2）（　　）（3）（　　）（4）（　　）

（5）（　　）

解答：（1）148（2）150（3）146（4）149（5）147

本測驗也可由同學當考官，唸英語給其它同學聽，不但可以練習唸英語，而且很有趣，效果加倍。

what，變 What is there...?（……有什麼？），再加上介詞片語 in the tree，變 What is there in the tree?（樹上有什麼？）。有人問，為什麼不用 What are there in the tree? 因為問的時候不知道鳥的確實數量，所以用單數 What is there 即可，不用複數的 What are there。而回答時，因為已知有六隻鳥，是複數，所以用 There are six birds...。

讀

MP3-041

每讀完一次，就將下列白點塗黑一個，留下用功的記錄●●●●●●●●●●
讀讀看！會讀後，多讀多唸、讀熟讀透，讀到可以脫口而出。

要進入新的主題囉！▶有……（續）

151 **How many books are there? ＝有多少書？**
多少 書 有

答 **There are two books. ＝有二本書。**
有 二 書

152 **How much water is there? ＝有多少水？**
多少 水 有

答 **There is some water. ＝有一些水。**
有 一些 水

要進入新的主題囉！▶如何

153 **How are you? ＝你好嗎？**
如何 是 你

答 **Fine, thank you. And you? ＝很好，謝謝你。你呢？**
好的 謝謝 你 而 你

154 **How tall are you? ＝你多高？**
如何 高的 是 你

答 **I am 180 centimeters(=cm) tall. ＝我 180 公分高。**
我 是 180 公分 高的

句子說明

151、152 句中 How many（如何很多＝多少）只能接可數名詞的複數形（books），因為 many（很多）只能接可數名詞的複數形（books）。152 How much water is there? 句中 How much（如何很多＝多少）只能接不可數名詞（譬如 water），因為 much（很多）只能接不可數名詞（譬如 water）。

說•寫

至少背10次，背熟後，再寫寫看。說說看！下列的話英語怎麼說，

中翻英測驗

151 有多少書？

答 有二本書。

152 有多少水？

答 有一些水。

153 你好嗎？

答 很好，謝謝你。你呢？

154 你多高？

答 我 180 公分高。

聽

MP3-042

聽聽看！把聽到的英語句子對應的編號填入括弧中。

聽力測驗

(1) (　　) (2) (　　) (3) (　　) (4) (　　)

解答：(1) 152 (2) 151 (3) 154 (4) 153

本測驗也可由同學當考官，唸英語給其它同學聽，不但可以練習唸英語，而且很有趣，效果加倍。

153 How are you? 的來源是 You are... 改疑問句變 Are you...? 再加疑問詞 How 變 How are you?（你好嗎？），是向已認識的人問好，其他的問好方式有：How are you doing?（如何你在做？＝你好嗎？）How's everything going?（如何每件事在進行？＝一切順利嗎？）回答可用：So so.（如此，如此。＝還好。）Everything is OK.（每件事是 OK 的＝一切都很好。）Not really well.（不真地好的。＝不是很好。）

讀
MP3-043

每讀完一次，就將下列白點塗黑一個，留下用功的記錄●●●●●●●●●●
讀讀看！會讀後，多讀多唸、讀熟讀透，讀到可以脫口而出。

要進入新的主題囉！▶誰

155 **Who are you?** ＝你是誰？
誰　是　你

答 **I'm Tom.** ＝我是湯姆。
我是　湯姆

要進入新的主題囉！▶什麼

156 **What are you?** ＝你是做什麼（職業）的？
什麼　是　你

答 **I'm a teacher.** ＝我是一位老師。
我是一　老師

要進入新的主題囉！▶哪裡

157 **Where are you?** ＝你在哪裡？
哪裡　是　你

答 **I'm in the classroom.** ＝我在教室裡。
我是（在）這教室（內）

158 **Where are you from?**
哪裡　是　你　從

＝你是從哪裡來的？（也可譯成「你是哪裡人？」）

答 **I'm from Taiwan.** ＝我是從台灣來的。
我是　從　台灣

說•寫

說說看！下列的話英語怎麼說，至少背10次，背熟後，再寫寫看。

中翻英測驗

155 你是誰？

答 我是湯姆。

156 你是做什麼（職業）的？

答 我是一位老師。

157 你在哪裡？

答 我在教室裡。

158 你是從哪裡來的？（你是哪裡人？）

答 我是從台灣來的。

聽

MP3-044

聽聽看！把聽到的英語句子對應的編號填入括弧中。

聽力測驗

（1）（　　）（2）（　　）（3）（　　）（4）（　　）

解答：（1）157（2）155（3）158（4）156

本測驗也可由同學當考官，唸英語給其它同學聽，不但可以練習唸英語，而且很有趣，效果加倍。

讀
MP3-045

每讀完一次，就將下列白點塗黑一個，留下用功的記錄●●●●●●●●●●
讀讀看！會讀後，多讀多唸、讀熟讀透，讀到可以脫口而出。

要進入新的主題囉！▶星期幾

159 **What day is today? =今天星期幾？**
星期幾 是 今天

160 **What day is it ? =今天星期幾？**
星期幾 是它

161 **What day is it today? =今天星期幾？**
星期幾 是它 今天

162 **Today is Sunday. =今天是星期天。**
今天 是 星期天

163 **It is Sunday. =今天是星期天。**
它是 星期天

164 **It is Sunday today. =今天是星期天。**
它是 星期天 今天

165 **What day is your birthday? =你的生日星期幾？**
星期幾 是 你的 生日

答 **It is on Sunday. =它是在星期天。**
它是 在 星期天

句子說明

159 What day（什麼天）譯成「星期幾」，「今天星期幾」最常見的有 159、160、161 三種講法，本句是用 today 當主詞。today 可當名詞和時間副詞，本句中 today 是名詞，所以可以當主詞。

160 本句是用 it 當主詞（譯成「今天」）。在英文中，it 除了當「它、牠」之外，也常代表「時間、天氣、距離」，也可以當虛主詞、虛受詞。

161 本句也是用 it 當主詞，today 在本句中是時間副詞，副詞是插花性質，可有可無。

說•寫

至少背10次，背熟後，再寫寫看。說說看！下列的話英語怎麼說，

中翻英測驗

159 今天星期幾？（用 **today** 當主詞）

160 今天星期幾？（用 **it** 當主詞）

161 今天星期幾？（用 **it** 當主詞）

162 今天是星期天。（用 **today** 當主詞）

163 今天是星期天。（用 **it** 當主詞）

164 今天是星期天。（用 **it** 當主詞）

165 你的生日星期幾？

答 它是在星期天。

聽

MP3-046

號填入括弧中。英語句子對應的編聽聽看！把聽到的

聽力測驗

（1）（　　）（2）（　　）（3）（　　）（4）（　　）

（5）（　　）（6）（　　）（7）（　　）

解答：（1）164（2）159（3）163（4）165（5）160（6）162（7）161

本測驗也可由同學當考官，唸英語給其它同學聽，不但可以練習唸英語，而且很有趣，效果加倍。

162 「今天星期幾」的回答最常見的也有 162、163、164 三種講法。本句是直接用 today 當主詞，today 在本句中是名詞，所以可以當主詞。 163 It is Sunday. 句中是「it」當主詞。

164 本句也是用 it 當主詞，today 在句中則是時間副詞，是插花性質，拿掉也沒有關係。

165 （1）本句話也有人說：When is your birthday?（你的生日什麼時候？）意思略有不同。

（2）人家問你的生日星期幾，若回答 It is Sunday. 則是回答「今天是星期天。」，是錯的。要回答 It is on Sunday.（它是在星期天。）意思才通。on 是介詞，意思是「在……之上」，因為星期天是「在」日曆「之上」，所以在星期天的「在」用 on。

Ignorance is not innocence but sin.
無知不是純真，而是罪惡。

～ **Browning 勃朗寧**

LEVEL 2

讀

MP3-047

每讀完一次，就將下列白點塗黑一個，留下用功的記錄●●●●●●●●●●
讀讀看！會讀後，多讀多唸、讀熟讀透，讀到可以脫口而出。

要進入新的主題囉！▶倒裝句

166 **Here comes the teacher.** ＝老師來（這裡）了。
在這裡　來　這　老師

167 **Here it is.** ＝它在這裡。＝東西在這裡。
在這裡它是

168 **Here is your order.** ＝你點的東西在這裡。
在這裡是 你的點的物品

169 **Here they are.**
在這裡 它們 是

＝它們在這裡。＝東西在這裡。（此句的「東西」是複數）

170 **Here we are.** ＝我們到了。
在這裡我們 是

171 **Here I am.** ＝我來了。
在這裡我 是

172 **Here you are.**
在這裡 你 是

＝你到了。＝原來你在這裡。＝你要的東西在這裡。

173 **There you are.** ＝原來你在那裡。
在那裡 你 是

句子說明

166 本句是由 The teacher comes here. 將主詞 the teacher 和地點副詞 here 互換位置，變成 Here comes the teacher.，文法上稱為「倒裝句」。其中 the teacher 是一般名詞，倒裝的時候，一般名詞和地點副詞互換位置、互倒。（teacher 是一般名詞，加上定冠詞 the，the teacher 也看成是一般名詞。）

167 本句是由 It is here. 將地點副詞 here 倒到句首而來。因為本句主詞 it 是代名詞，所以改倒裝句時，只需倒 here 到句首即可，代名詞 it 不必動、不必倒。

168 本句是由 Your order is here. 變換而來。因為 Your order 是一般名詞，所以是 Your order

說・寫

至少背10次，背熟後，再寫寫看。說說看！下列的話英語怎麼說，

中翻英測驗

166 老師來（這裡）了。

167 它在這裡。＝東西在這裡。

168 你點的東西在這裡。

169 它們在這裡。＝東西在這裡。

170 我們到了。

171 我來了。

172 你到了。＝原來你在這裡。＝你要的東西在這裡。

173 原來你在那裡。

聽

MP3-048

號填入括弧中。英語句子對應的編聽聽看！把聽到的

聽力測驗

（1）（　　）（2）（　　）（3）（　　）（4）（　　）

（5）（　　）（6）（　　）（7）（　　）（8）（　　）

解答：（1）173（2）169（3）166（4）170（5）168（6）167（7）172（8）171

本測驗也可由同學當考官，唸英語給其它同學聽，不但可以練習唸英語，而且很有趣，效果加倍。

和 here 兩個互倒。

169 本句由 They are here. 倒裝而來，They 是代名詞，只倒 here 到句首。

170 本句由 We are here. 倒裝而來，we 是代名詞，只倒 here 到句首。

171 本句是由 I am here. 倒裝而來，I 是代名詞，只倒 here 到句首。

172 本句是由 You are here. 倒裝而來，You 是代名詞，只倒 here 到句首。

173 本句由 You are there. 倒裝而來，You 是代名詞，只倒 there 到句首。

讀

MP3-049

每讀完一次，就將下列白點塗黑一個，留下用功的記錄●●●●●●●●●●●
讀讀看！會讀後，多讀多唸、讀熟讀透，讀到可以脫口而出。

要進入新的主題囉！▶倒裝句（續）

174 **Here you go.** ＝你要的東西在這裡。
在這裡 你 去

175 **There you go.** ＝你要的東西在這裡。＝來，給你。
在那裡 你 去

176 **For here or to go?** ＝內用或外帶？
為 這裡 或 去 走

要進入新的主題囉！▶一點也不

177 **I am not hungry.** ＝我不餓。
我 不是 餓的

178 **I am not hungry at all.** ＝我一點也不餓。
我 不是 餓的 在全部

179 **I am a little hungry.** ＝我有一點餓。
我 是 有一點 餓的

要進入新的主題囉！▶想要

180 **I want to drink water. = I would like to drink water.**
我 想要 喝 水 我 想要 喝 水

(= I'd like to drink water.) ＝我想要喝水。

句子說明

175 Here you are.、Here you go.、There you go. 都有「你要的東西在這裡。」的意思。
178 not 加 at all = not... at all 譯成「一點也不」，而 Not at all. 合在一起，也可譯成「不客氣」。（見 LEVEL 1 015 Not at all.）

說・寫

至少背10次，背熟後，再寫寫看。說說看！下列的話英語怎麼說，

中翻英測驗

174 你要的東西在這裡。

175 你要的東西在這裡。＝來，給你。

176 內用或外帶？

177 我不餓。

178 我一點也不餓。

179 我有一點餓。

180 我想要喝水。

聽

MP3-050

號填入括弧中。英語句子對應的編聽聽看！把聽到的

聽力測驗

（1）（　　）（2）（　　）（3）（　　）（4）（　　）

（5）（　　）（6）（　　）（7）（　　）

解答：（1）177（2）174（3）179（4）176（5）180（6）175（7）178

本測驗也可由同學當考官，唸英語給其它同學聽，不但可以練習唸英語，而且很有趣，效果加倍。

180 I want =I would like =I'd like（我想要）

讀

MP3-051

每讀完一次，就將下列白點塗黑一個，留下用功的記錄●●●●●●●●●●讀讀看！會讀後，多讀多唸、讀熟讀透，讀到可以脫口而出。

要進入新的主題囉！▶想要（續）

181 **Would you like to drink water?** ＝你想要喝水嗎？
你 想要 喝 水

＝**Do you want to drink water?** ＝你想要喝水嗎？
(助動詞) 你 想要 喝 水

要進入新的主題囉！▶幫忙

182 **May I help you?** ＝我可以幫你嗎？＝我可以為你服務嗎？
可以 我 幫忙 你

183 **How may I help you?**
如何 可以 我 幫忙 你

＝我可以如何幫忙你？＝有什麼可以效勞的嗎？

答 **Yes, please.** **No, thanks.**
是的 （請） 不用 謝謝

184 **Please help me (to) clean the table.** ＝請幫我清潔這桌子。
請 幫 我 清潔 這 桌子

185 **Please help me with the table.** ＝請幫我清潔（或整理）這桌子。
請 幫 我 於 這 桌子

句子說明

181 Would you like =Do you want（你想要……嗎？）；Do 在句中是助動詞，Do 當助動詞時是沒意思的。

183 本句的答句中，please 這個字只是用來表示禮貌，不一定都要譯成「請」。

184 按英文文法規定，動詞後面要接另一個動詞時，後面的動詞的前面要先加上 to，這個 to 叫做「不定詞」。所以本句中動詞 clean 前面按規定是要有 to 的。但是 help 這個字很特別，

說・寫

至少背10次，背熟後，再寫寫看。說說看！下列的話英語怎麼說，

中翻英測驗

181 你想要喝水嗎？

182 我可以幫你嗎？＝我可以為你服務嗎？

183 我可以如何幫忙你？＝有什麼可以效勞的嗎？

答 是的。/ 不用，謝謝。

184 請幫我清潔這桌子。

185 請幫我清潔（或整理）這桌子。

聽

MP3-052

號填入括弧中。英語句子對應的編聽聽看！把聽到的

聽力測驗

（1）（　　）（2）（　　）（3）（　　）（4）（　　）

（5）（　　）

解答：（1）182（2）185（3）184（4）181（5）183

本測驗也可由同學當考官，唸英語給其它同學聽，不但可以練習唸英語，而且很有趣，效果加倍。

185 當它後面接動詞時，後面的不定詞 to 可有可無，所以本句中的 to 用括弧括起來變 (to)。如果講這句話的人不想講得很清楚要如何幫忙，則 help 後面就不接明確的動詞，而是接介詞 with，再接受詞 the table。此時意思就變得較含糊，譯成「請幫我清潔（或整理）」這桌子皆可。

讀

MP3-053

每讀完一次，就將下列白點塗黑一個，留下用功的記錄●●●●●●●●●●
讀讀看！會讀後，多讀多唸、讀熟讀透，讀到可以脫口而出。

要進入新的主題囉！▶近況如何？

186 **How is it going?** ＝它進行得如何？＝近況如何？
如何　它在進行

187 **How's it going at school?** ＝學校生活如何？
近況如何　在　學校

188 **It's OK.** ＝還可以。
它是OK的

189 **Not bad.** ＝還不錯。
不　壞的

190 **Just fine.** ＝還好。
只　好的

191 **Great.** ＝很好。
很棒的

要進入新的主題囉！▶忙於……

192 **I am busy.** ＝我很忙。
我 是　忙的

193 **I am busy doing my homework.** ＝我忙著做我的家庭作業。
我 是　忙的　做　我的　家庭作業

194 **I am busy with my homework.** ＝我忙著做我的家庭作業。
我 是　忙的　於　我的　家庭作業

190 just 是副詞，常譯成「就、只、剛」，在本句譯成「只」較適合。

193 am busy 是屬於 be busy 的系列之一，be busy 系列的後面若接動詞時，後面的動詞要用 Ving。

寫

說說看！下列的話英語怎麼說，至少背10次，背熟後，再寫寫看。

中翻英測驗

186 它進行得如何？＝近況如何？

187 學校生活如何？

188 還可以。

189 還不錯。

190 還好。

191 很好。

192 我很忙。

193 我忙著做我的家庭作業。

194 我忙著做我的家庭作業。

聽

MP3-054

聽聽看！把聽到的英語句子對應的編號填入括弧中。

聽力測驗

（1）（　　）（2）（　　）（3）（　　）（4）（　　）

（5）（　　）（6）（　　）（7）（　　）（8）（　　）

（9）（　　）

解答：（1）**194**（2）**186**（3）**189**（4）**192**（5）**188**（6）**193**（7）**187**（8）**191**（9）**190**

本測驗也可由同學當考官，唸英語給其它同學聽，不但可以練習唸英語，而且很有趣，效果加倍。

194 如果講話的人在 am busy 後面不想接動詞（譬如本句的「做」），則可接介詞 with（with 在此譯成「於」），再接受詞 my homework，也可表現「我忙著做我的家庭作業」的意思。

讀

MP3-055

每讀完一次，就將下列白點塗黑一個，留下用功的記錄●●●●●●●●●●
讀讀看！會讀後，多讀多唸、讀熟讀透，讀到可以脫口而出。

要進入新的主題囉！▶在……的路上

195 **I am on the way to ABC Department Store.**
我 是（在）這 路 去 ABC 百貨 公司（之上）

＝我在去 ABC 百貨公司的路上。

196 **I am on the way home.** ＝我在回家的路上。
我 是（在）這 路 回家（之上）

要進入新的主題囉！▶試穿

197 **I try on my new dress.** ＝我試穿我的新衣。
我嘗試（在）我的新的衣服（之上）

198 **The sweater looks nice on you.** ＝你穿這毛衣很好看。
這 毛衣 看起來 好的（在）你（之上）

＝**You look nice in the sweater.** ＝你穿這毛衣很好看。
你 看起來好的 穿 這 毛衣

要進入新的主題囉！▶我們出去……吧！

199 **Let's go out.** ＝我們出去吧！
讓我們 去 往外

句子說明

195 I am on the way. 是「我在路上」，介詞 on 譯成「在……之上」。句中的 to ABC Department Store 是介詞片語，它放在名詞 way（路）後面當形容詞，形容名詞 way，文法上稱為「名詞後介詞片語強調區」。

196 本句的 home 是副詞，在名詞 way 後面當形容詞，形容名詞 way，文法上稱為「名詞後副詞強調區」。

197 try on（嘗試在……之上＝試穿）

說・寫

至少背10次，背熟後，再寫寫看。說說看！下列的話英語怎麼說，

中翻英測驗

195 我在去 ABC 百貨公司的路上。

196 我在回家的路上。

197 我試穿我的新衣。

198 你穿這毛衣很好看。

199 我們出去吧！

聽

MP3-056

號填入括弧中。英語句子對應的編聽聽看！把聽到的

聽力測驗

（1）（　　）（2）（　　）（3）（　　）（4）（　　）

（5）（　　）

解答：（1）198（2）195（3）199（4）197（5）196

本測驗也可由同學當考官，唸英語給其它同學聽，不但可以練習唸英語，而且很有趣，效果加倍。

198 The sweater looks nice on you. 是 The sweater 當主詞。You look nice in the sweater. 是 You 當主詞。另外，介詞 in 也可表示有「穿」的意思。

199 「我們……吧！」英文常用 Let's...（讓我們……）來表示，Let's 是 Let us 的縮寫。注意：let 是使役動詞，使役動詞的特性是它後面接另一個動詞時，本來要接的不定詞 to 要省略。譬如 Let us to go. 的 to 要省略，寫成 Let us go.（= Let's go.）。

讀

MP3-057

每讀完一次，就將下列白點塗黑一個，留下用功的記錄●●●●●●●●● 讀讀看！會讀後，多讀多唸、讀熟讀透，讀到可以脫口而出。

要進入新的主題囉！▶我們出去……吧！（續）

200 **Let's go out for dinner tonight.** ＝我們今晚出去吃晚餐吧！
讓我們 走 往外 為 晚餐 今晚

201 **Let's go out for a movie tonight.** ＝我們今晚去看電影吧！
讓我們 走 往外 為 一 電影 今晚

要進入新的主題囉！▶別擔心。

202 **Don't worry.** ＝不用擔心。
別 擔心

203 **Don't worry about me.** ＝不用擔心我。
別 擔心 對於 我

204 **I am sad.** ＝我很傷心。
我 是傷心的

205 **That's sad.** ＝真可憐。
那 是傷心的

要進入新的主題囉！▶動詞 take 的各種句型

206 **Can I take it?** ＝我能拿它嗎？
能 我 拿 它

207 **I take an umbrella with me.** ＝我隨身帶一把雨傘。
我 帶 一把 雨傘 與 我

句子說明

200、201 吃晚餐可以用動詞 eat dinner 或 have dinner 來表示，所以我們今晚去吃晚餐也可以說 Let's go out to eat dinner tonight.；若不用動詞 eat dinner 或 have dinner 則可用介詞片語 for dinner 來表示，變成 Let's go out for dinner tonight.。這表示英語是活的，是有不同表達方式的。同理，去看電影可以用動詞，see a movie 或 go to a movie 來表示，若用介詞片語 for a movie 也可以。

說・寫

至少背10次，背熟後，再寫寫看。說說看！下列的話英語怎麼說，

中翻英測驗

200 我們今晚出去吃晚餐吧！

201 我們今晚去看電影吧！

202 不用擔心。

203 不用擔心我。

204 我很傷心。

205 真可憐。

206 我能拿它嗎？

207 我隨身帶一把雨傘。

聽

MP3-058

號填入括弧中。英語句子對應的編聽聽看！把聽到的

聽力測驗

(1) (　　) (2) (　　) (3) (　　) (4) (　　)

(5) (　　) (6) (　　) (7) (　　) (8) (　　)

解答：(1) 203 (2) 200 (3) 207 (4) 204 (5) 202 (6) 206 (7) 205 (8) 201

本測驗也可由同學當考官，唸英語給其它同學聽，不但可以練習唸英語，而且很有趣，效果加倍。

202、203 Don't（不；沒；別）是助動詞，Don't worry. 是命令句、祈使句的否定說法。如果要特別說「不用擔心誰」才加介詞 about。而依文法，介詞後面要接受詞，受詞若有特別受格，就要用特別受格，譬如「我」有特別受格是 me，就要用 me，不能用主格 I。

讀

MP3-059

每讀完一次，就將下列白點塗黑一個，留下用功的記錄●●●●●●●●●●
讀讀看！會讀後，多讀多唸、讀熟讀透，讀到可以脫口而出。

要進入新的主題囉！▶動詞 take 的各種句型（續）

208 Mom, take me home, please. ＝媽，請帶我回家。
媽 帶 我 回家 請

209 I take my dog out for a walk. ＝我牽我的狗出去散步。
我 帶 我的 狗 外出 做 一 走路

210 Mom, can we take a trip to Hualian?
媽 可以我們 做 一旅行 去 花蓮
＝媽，我們可以去做個花蓮之旅嗎？

211 I am taking a bath. ＝我在洗澡。
我 在做 一個沐浴

212 I take a walk every day. ＝我每天散步。
我 做 一個走路 每 天

213 I take a gift from Tom. ＝我接受湯姆一個禮物。
我 接受一個禮物 從 湯姆

214 I take a picture. ＝我拍一張照片。
我 拍 一 照片

215 I take a picture of Mom. ＝我拍一張媽媽的照片。
我 拍 一 照片 (屬於)媽媽(的)

216 Let's take a rest. ＝我們休息一下吧。
讓我們 享受 一個休息
＝**Let's take a break.** ＝我們休息一下吧。
讓我們 享受 一個 休息

句子說明

210 本句中的 to Hualian（去花蓮）是介詞片語，放在名詞 trip（旅行）後面當形容詞，形容名詞 trip，文法上 to Hualian 叫做「名詞後介詞片語強調區」，a trip to Hualian 譯成「一個去花蓮的旅行＝一個花蓮之旅」。

說・寫

至少背10次，背熟後，再寫寫看。說說看！下列的話英語怎麼說，

中翻英測驗

208 媽，請帶我回家。

209 我牽我的狗出去散步。

210 媽，我們可以去做個花蓮之旅嗎？

211 我在洗澡。

212 我每天散步。

213 我接受湯姆一個禮物。

214 我拍一張照片。

215 我拍一張媽媽的照片。

216 我們休息一下吧。

聽

MP3-060

號填入括弧中。英語句子對應的編聽聽看！把聽到的

聽力測驗

(1)(　　)(2)(　　)(3)(　　)(4)(　　)

(5)(　　)(6)(　　)(7)(　　)(8)(　　)

(9)(　　)

解答：(1) 211 (2) 216 (3) 208 (4) 210 (5) 214 (6) 209 (7) 212 (8) 215 (9) 213

本測驗也可由同學當考官，唸英語給其它同學聽，不但可以練習唸英語，而且很有趣，效果加倍。

211 take a bath 是「做沐浴」，am taking 是現在進行式（正在……），taking 是 take 的現在分詞。

216 這二句是命令句、祈使句的一種句型。

讀

MP3-061

每讀完一次，就將下列白點塗黑一個，留下用功的記錄●●●●●●●●●●
讀讀看！會讀後，多讀多唸、讀熟讀透，讀到可以脫口而出。

要進入新的主題囉！▶動詞 take 的各種句型（續）

217 I took a holiday. ＝我獲得一天假日。
我 享有一個 假期

218 I took a train to Taichung yesterday.
我 搭 一 火車 去 台中 昨天
＝我昨天搭火車去了台中。

219 I forgot to take medicine. ＝我忘記服藥。
我 忘記 服 藥

220 If you take 12 from 20, you have 8.
假如 你 減 12 從 20 你 有 8
＝假如你用 20 減 12，則剩 8。

221 The movie takes me two hours. ＝這電影花我 2 小時。
這 電影 花 我 2 小時

222 It takes many people to finish this.
它 需要 很多 人 去 完成 這（件事）
＝完成這件事需要很多人。

要進入新的主題囉！▶擅長

223 I am good at Math. ＝我擅長數學。
我 是 好的 在 數學

句子說明

218 took 是 take 的過去式。過去式的來源是動詞三態。動詞三態一是原形，二是過去式，三是過去分詞，take 的三態分別是 take、took、taken。

219 take 也可表示「吃、喝、吸、服」，例如 take wine（飲酒）、take breakfast（吃早餐）、take a deep breath（吸一個深呼吸）。forgot 是 forget 的過去式。

說・寫

至少背10次，背熟後，再寫寫看。說說看！下列的話英語怎麼說，

中翻英測驗

217 我獲得一天的假日。

218 我昨天搭火車去了台中。

219 我忘記服藥。

220 假如你用 20 減 12，則剩 8。

221 這電影花我 2 小時。

222 完成這件事需要很多人。

223 我擅長數學。

聽

MP3-062

號填入括弧中。英語句子對應的編聽聽看！把聽到的

聽力測驗

（1）（　　）（2）（　　）（3）（　　）（4）（　　）

（5）（　　）（6）（　　）（7）（　　）

解答：（1）219（2）217（3）222（4）220（5）223（6）218（7）221

本測驗也可由同學當考官，唸英語給其它同學聽，不但可以練習唸英語，而且很有趣，效果加倍。

222 有關「花費」的動詞，常用的有三個字：（1）主詞是人的時候，人花多少錢、多少時間的「花」，動詞用 spend。（2）主詞是事或物時，事或物花人多少錢的「花」、值多少錢的「值」，動詞用 cost。（3）主詞是事或物時，事或物花人多少時間的「花」用 take。而 take 也可譯成「需要」。

讀

MP3-063

每讀完一次，就將下列白點塗黑一個，留下用功的記錄●●●●●●●●●●
讀讀看！會讀後，多讀多唸、讀熟讀透，讀到可以脫口而出。

要進入新的主題囉！▶擅長（續）

224 **I am good at playing basketball.** ＝我擅長打籃球。
我 是 好的 在 打 籃球

要進入新的主題囉！▶考試

225 **I got a good grade on the test.** ＝我在那次考試得到好成績。
我得到一 好的 成績（在）那 考試（之上）

226 **I did well on the test.** ＝我在那次考試考得很好。
我 做 好地（在）那考試（之上）

227 **I got a good grade in the subject.**
我得到一 好的 成績 在 那 科目

＝我在那個科目得到好成績。

228 **I got a good grade in Math.** ＝我在數學科得到好成績。
我得到一 好的 成績 在 數學

229 **I failed the test.** ＝我考試沒考好。
我 失敗 那 考試

230 **I failed in English.** ＝我英語沒考好。
我 失敗 在 英語

231 **I failed to win the game.** ＝我未能贏得那場比賽。
我 未能 去 贏 那 比賽

句子說明

224 介詞（at）後面接動詞（play）時，動詞要＋ing 變動名詞 playing，動名詞就是名詞，才可以當介詞的受詞。

225、226 在考試的介詞「在」用 on。got 是 get 的過去式；did 是 do 的過去式。

228 在科目的介詞「在」用 in。

說・寫

至少背10次，背熟後，再寫寫看。說說看！下列的話英語怎麼說，

中翻英測驗

224 我擅長打籃球。

225 我在那次考試得到好成績。

226 我在那次考試考得很好。

227 我在那個科目得到好成績。

228 我在數學科得到好成績。

229 我考試沒考好。

230 我英語沒考好。

231 我未能贏得那場比賽。

聽

MP3-064

號填入括弧中。英語句子對應的編聽聽看！把聽到的

聽力測驗

(1) (　　) (2) (　　) (3) (　　) (4) (　　)

(5) (　　) (6) (　　) (7) (　　) (8) (　　)

解答：(1) 225 (2) 231 (3) 224 (4) 228 (5) 230 (6) 226 (7) 229 (8) 227

本測驗也可由同學當考官，唸英語給其它同學聽，不但可以練習唸英語，而且很有趣，效果加倍。

231 failed 是 fail 的過去式，fail 可譯成「失敗、未能」，在本句中譯成「未能」較適合。failed 是動詞，後面要接另一個動詞 win 時，後面的動詞 win 的前面要先加不定詞 to，這是英語最基本的文法規則。

讀

MP3-065

每讀完一次，就將下列白點塗黑一個，留下用功的記錄●●●●●●●●●
讀讀看！會讀後，多讀多唸、讀熟讀透，讀到可以脫口而出。

要進入新的主題囉！▶說

232 I speak English. =我說英語。
我 說 英語

233 May I speak to Tom?
可以 我 說 對 湯姆

=（電話用語）我可以和湯姆通話嗎？

234 I talk to Mary. =我和瑪莉談話。
我 談話 對 瑪莉

235 I say good-bye to Judy. =我向茱蒂說再見。
我 說 再見 對 茱蒂

236 Can I tell a story to you? =我能向你說一個故事嗎？
能 我 告訴 一個 故事 對 你

要進入新的主題囉！▶順便一提；對了

237 By the way, do you have a pumpkin?
藉 這 路（助動詞）你 有 一個 南瓜
（=順便一提；對了）
=對了，你有一個南瓜嗎？

238 I need some cups. By the way, I also need some plates.
我 需要 一些 杯子 對了 我 也 需要 一些 盤子

=我需要一些杯子。對了，我也需要一些盤子。

句子說明

232～236 主要是分辨 speak、talk、say、tell 的用法。
237、238 by the way 是講話時常用的轉承語句。

說・寫

至少背10次，背熟後，再寫寫看。說說看！下列的話英語怎麼說，

中翻英測驗

232 我說英語。

233 （電話用語）我可以和湯姆通話嗎？

234 我和瑪莉談話。

235 我向茱蒂說再見。

236 我能向你說一個故事嗎？

237 對了，你有一個南瓜嗎？

238 我需要一些杯子。對了，我也需要一些盤子。

聽

MP3-066

號填入括弧中。英語句子對應的編聽聽看！把聽到的

聽力測驗

（1）（　　）（2）（　　）（3）（　　）（4）（　　）

（5）（　　）（6）（　　）（7）（　　）

解答：（1）236（2）238（3）232（4）235（5）233（6）234（7）237

本測驗也可由同學當考官，唸英語給其它同學聽，不但可以練習唸英語，而且很有趣，效果加倍。

讀
MP3-067

每讀完一次，就將下列白點塗黑一個，留下用功的記錄●●●●●●●●●●
讀讀看！會讀後，多讀多唸、讀熟讀透，讀到可以脫口而出。

要進入新的主題囉！▶動詞 keep 的各種句型

239 Keep going. ＝一直走。
保持；繼續 走

240 Keep quiet. ＝保持安靜。
保持 安靜的

241 May I keep this? ＝我可以把這個留下嗎？
可以 我 保存 這

242 Where do you keep your money? ＝你把錢藏在哪？
哪裡 (助動詞) 你 保藏 你的 錢

243 Do you keep maps? ＝你們賣地圖嗎？
(助動詞) 你們 經銷 地圖

244 I keep the peace. ＝我守秩序。
我 遵守 這 和平；秩序

245 I keep two cats. ＝我養了二隻貓。
我 飼養 二隻 貓

246 I keep her dog when she travels.
我 照顧 她的 狗 當 她 旅行
＝當她外出旅行時，我替她照顧狗。

247 Where do you keep your birthday?
哪裡 (助動詞) 你 慶祝 你的 生日
＝你要在哪裡慶祝生日？

248 I keep a diary in English. ＝我用英語寫日記。
我 記 日記 用 英語

句子說明

239 keep 後面接動詞時，後面的動詞要用 Ving（going）。
240 keep 後面也可以接形容詞（如本句的 quiet）當補語，表達出不同的意思。

說•寫

說說看！下列的話英語怎麼說，至少背10次，背熟後，再寫寫看。

中翻英測驗

239 一直走。

240 保持安靜。

241 我可以把這個留下嗎？

242 你把錢藏在哪？

243 你們賣地圖嗎？

244 我守秩序。

245 我養了二隻貓。

246 當她外出旅行時，我替她照顧狗。

247 你要在哪裡慶祝生日？

248 我用英語寫日記。

聽

MP3-068

聽聽看！把聽到的英語句子對應的編號填入括弧中。

聽力測驗

(1) (　　) (2) (　　) (3) (　　) (4) (　　)

(5) (　　) (6) (　　) (7) (　　) (8) (　　)

(9) (　　) (10) (　　)

解答：(1) 240 (2) 239 (3) 245 (4) 248 (5) 246 (6) 241 (7) 242 (8) 244 (9) 247 (10) 243

本測驗也可由同學當考官，唸英語給其它同學聽，不但可以練習唸英語，而且很有趣，效果加倍。

241 keep 後面也可以接名詞當受詞，是最常見的情形，但要注意各種不同的意思。

MP3-069

每讀完一次，就將下列白點塗黑一個，留下用功的記錄●●●●●●●●●●
讀讀看！會讀後，多讀多唸、讀熟讀透，讀到可以脫口而出。

要進入新的主題囉！▶助動詞 can 和 do

249 **You can play basketball. ＝你會打籃球。**
你 會 打 籃球

250 **Can you play basketball? ＝你會打籃球嗎？**
會 你 打 籃球

簡答 **Yes, I can.** **No, I can't.**
是的 我 會 不 我 不會

251 **You play basketball. ＝你打籃球。**
你 打 籃球

252 **Do you play basketball? ＝你打籃球嗎？**
(助動詞) 你 打 籃球

簡答 **Yes, I do.** **No, I don't.**
是的 我 是 不 我 不

253 **He plays basketball. ＝他打籃球。**
他 打 籃球

254 **Does he play basketball? ＝他打籃球嗎？**
(助動詞) 他 打 籃球

簡答 **Yes, he does.** **No, he doesn't.**
是的 他 是 不 他 不

句子說明

249、250 動詞基本上分為 be 動詞和一般動詞，本句是屬於一般動詞的句子。句中 can（能；會）是助動詞，助動詞是幫助動詞表現不同口氣（包括否定口氣、疑問口氣、簡答口氣）的字詞。依文法規則，一般動詞的句子改疑問句時，若有助動詞（譬如本句的 can），要將助動詞（can）放句首，表達「疑問」的口氣。

251、252 本句是屬於一般動詞（play）的句子，改疑問句時，因為句中沒有助動詞，依文法規則，要在句首補上 do 系列當助動詞。do 系列包括 do、does、did。其中 does

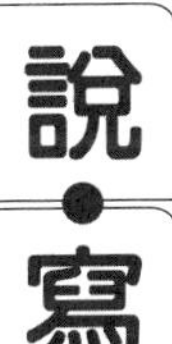

說•寫

至少背10次，背熟後，再寫寫看。說說看！下列的話英語怎麼說，

中翻英測驗

249 你會打籃球。

250 你會打籃球嗎？

簡答 是的，我會。/ 不，我不會。

251 你打籃球。

252 你打籃球嗎？

簡答 是的，我是。/ 不，我不。

253 他打籃球。

254 他打籃球嗎？

簡答 是的，他是。/ 不，他不。

聽

MP3-070

號填入括弧中。英語句子對應的編聽聽看！把聽到的

聽力測驗

（1）（ ）（2）（ ）（3）（ ）（4）（ ）

（5）（ ）（6）（ ）

解答：（1）251（2）253（3）249（4）254（5）252（6）250

本測驗也可由同學當考官，唸英語給其它同學聽，不但可以練習唸英語，而且很有趣，效果加倍。

用在主詞第三人稱單數；其他人稱則用 do；did 用在過去式，所有人稱通用。要注意，任何句子中若有助動詞，本動詞一律要用原形（動詞）。

254 本句中主詞是 he，是第三人稱單數，改疑問句時加上的助動詞是 does，does 一加上，本動詞要用原形，所以 plays 改 play。

讀

MP3-071

每讀完一次，就將下列白點塗黑一個，留下用功的記錄●●●●●●●●●
讀讀看！會讀後，多讀多唸、讀熟讀透，讀到可以脫口而出。

要進入新的主題囉！▶助動詞 can 和 do（續）

255 **What can they do? ＝他們能做什麼？**
什麼 能 他們 做

答 **They can clean the table. ＝他們能清潔這桌子。**
他們 能 清潔 這 桌子

256 **Who can dance? ＝誰會跳舞？**
誰 會 跳舞

答 **Tom can. ＝湯姆會。**
湯姆 會

要進入新的主題囉！▶未來式（將）

257 **What will you do? ＝你將做什麼？**
什麼 將 你 做

答 **I will play basketball. (= I'll play basketball.)**
我 將 打 籃球
＝我將打籃球。

258 **What are you going to do? ＝你將做什麼？**
什麼 你 將 做

答 **I am going to play basketball. ＝我將打籃球。**
我 將 打 籃球

255 疑問句若有疑問詞（譬如 what 什麼），則疑問詞（what）要放句首，助動詞放第二位，本句的助動詞是 can。

說•寫

至少背10次，背熟後，再寫寫看。說說看！下列的話英語怎麼說，

中翻英測驗

255 他們能做什麼？

答 他們能清潔這桌子。

256 誰會跳舞？

答 湯姆會。

257 你將做什麼？

答 我將打籃球。

258 你將做什麼？

答 我將打籃球。

聽

MP3-072

聽聽看！把聽到的英語句子對應的編號填入括弧中。

聽力測驗

（1）（　　）（2）（　　）（3）（　　）（4）（　　）

解答：（1）256（2）258（3）257（4）255

本測驗也可由同學當考官，唸英語給其它同學聽，不但可以練習唸英語，而且很有趣，效果加倍。

258 will（將）是助動詞。will 也可用 be going to 代替，譬如 I will = I am going to；You will = You are going to；He will = He is going to。這種有 will 或 be going to 的句型叫做「未來簡單式」，俗稱「未來式」。

讀

MP3-073

每讀完一次，就將下列白點塗黑一個，留下用功的記錄●●●●●●●●●●
讀讀看！會讀後，多讀多唸、讀熟讀透，讀到可以脫口而出。

要進入新的主題囉！▶星期幾

259 **When do they play basketball?** ＝他們何時打籃球？
何時 (助動詞)他們 打 籃球

答 **They play basketball every morning.**
他們 打 籃球 每一 早晨

＝他們每天早晨打籃球。

260 **What day does she have English class?**
什麼 天（助動詞）她 有 英語 課
（＝星期幾）

＝她星期幾有英語課？

答 **She has English class on Friday.** ＝她週五有英語課。
她 有 英語 課 在 週五

要進入新的主題囉！▶幾月幾日

261 **What is the date?**
什麼 是 這 日期

＝今天是幾月幾日？

262 **What is the date today?**
什麼 是 這 日期 今天

＝今天是幾月幾日？

句子說明

259 疑問句若有疑問詞（譬如 when 何時），則疑問詞要放句首，助動詞放第二位。但本句沒有助動詞，所以補上 do 系列（do、does、did）當助動詞。因為主詞 they 是第三人稱複數，助動詞用 do。

說•寫

至少背10次，背熟後，再寫寫看。說說看！下列的話英語怎麼說，

中翻英測驗

259 他們何時打籃球？

答 他們每天早晨打籃球。

260 她星期幾有英語課？

答 她週五有英語課。

261 今天是幾月幾日？

262 今天是幾月幾日？

聽

MP3-074

號填入括弧中。英語句子對應的編聽聽看！把聽到的

聽力測驗

(1)（　　）(2)（　　）(3)（　　）(4)（　　）

解答：(1) 261 (2) 260 (3) 262 (4) 259

本測驗也可由同學當考官，唸英語給其它同學聽，不但可以練習唸英語，而且很有趣，效果加倍。

讀

MP3-075

每讀完一次，就將下列白點塗黑一個，留下用功的記錄●●●●●●●●●●
讀讀看！會讀後，多讀多唸、讀熟讀透，讀到可以脫口而出。

要進入新的主題囉！▶幾月幾日（續）

263 **What is today's date?** ＝今天是幾月幾日？
什麼 是 今天的 日期

264 **It is June 18th.** ＝今天是 6 月 18 日。
它是 6月 第18日

＝It is the 18th of June. ＝今天是 6 月 18 日。
它是 這 第18 (屬於) 6月 (的)

＝Today is June 18th. ＝今天是 6 月 18 日。
今天 是 6月 第18日

265 **What date is your birthday?** ＝你的生日是幾月幾日？
幾月幾日 是 你的 生日

266 **When is your birthday?** ＝你的生日是什麼時候？
何時 是 你的 生日

267 **It is on August 8th.** ＝它是在 8 月 8 日。
它是 在 8月 第8日

268 **How often do they meet?**
如何 時常 (助動詞) 他們 見面
(＝多長；多久一次)
＝他們多久見面一次？

答 **They meet once a week.**
他們 見面 一次 一週
(＝一週一次)
＝他們一週見面一次。

句子說明

264 回答「今天是幾月幾日」，直接用 Today（今天）或用 It 當主詞都可以。因為 it 也可以代表時間。

說・寫

至少背10次，背熟後，再寫寫看。說說看！下列的話英語怎麼說，

中翻英測驗

263 今天是幾月幾日？

264 今天是 **6** 月 **18** 日。

265 你的生日是幾月幾日？

266 你的生日是什麼時候？

267 它是在 **8** 月 **8** 日。

268 他們多久見面一次？

答 他們一週見面一次。

聽

MP3-076

聽聽看！把聽到的英語句子對應的編號填入括弧中。

聽力測驗

(1) (　　) (2) (　　) (3) (　　) (4) (　　)

(5) (　　) (6) (　　)

解答：(1) 265 (2) 267 (3) 263 (4) 268 (5) 266 (6) 264

本測驗也可由同學當考官，唸英語給其它同學聽，不但可以練習唸英語，而且很有趣，效果加倍。

267 回答「生日在幾月幾日」，回答時要注意，要加介詞 on。若沒加介詞 on，就變成回答「今天是幾月幾日」。譬如 It is on August 8th. 若沒有介詞 on，變成 It is August 8th. 是「今天是 8 月 8 日」的意思，就錯了。

讀

MP3-077

每讀完一次，就將下列白點塗黑一個，留下用功的記錄●●●●●●●●●●
讀讀看！會讀後，多讀多唸、讀熟讀透，讀到可以脫口而出。

要進入新的主題囉！▶……有……

269 **How much money does he have?**
如何 多的 錢 （助動詞）他 有
（＝多少）
＝他有多少錢？

答 **He has eighty dollars. ＝他有 80 元。**
他 有 80 元

270 **How many books do you have?**
如何 多的 書 （助動詞）你 有
（＝多少）
＝你有多少書？

答 **I have two books. ＝我有二本書。**
我 有 二本 書

要進入新的主題囉！▶天氣

271 **How is the weather? ＝天氣如何？**
如何 是 這 天氣

＝ What is the weather like? ＝天氣如何？
什麼 是 這 天氣 像

272 **It is cold. ＝天氣很冷。**
它 是 冷的

句子說明

269 本句中How much money（多少錢）是疑問詞片語，要看成一體，放在句首。依文法規定，many 只能接可數名詞的複數形，much 只能接不可數名詞，而本句中的 money（錢）是不可數名詞，所以用 How much 接，不能用 How many 接。

270 「有多少的……？」基本有以下二種講法：（1）there are（接第三人稱複數主詞）。（2）there is（接第三人稱單數主詞），例句如下：How many books are there?（有多少書？）、How much money is there?（有多少錢？）見 LEVEL 1 P050 146、P052 152。

說・寫

至少背10次，背熟後，再寫寫看。說說看！下列的話英語怎麼說，

中翻英測驗

269 他有多少錢？

答 他有 80 元。

270 你有多少書？

答 我有二本書。

271 天氣如何？

272 天氣很冷。

聽

MP3-078

號填入括弧中。英語句子對應的編聽聽看！把聽到的

聽力測驗

（1）（　　）（2）（　　）（3）（　　）（4）（　　）

解答：（1）272（2）270（3）269（4）271

本測驗也可由同學當考官，唸英語給其它同學聽，不但可以練習唸英語，而且很有趣，效果加倍。

但是 269、270 二句的句型談的是「有」的另一種講法，講的是「你有 you have」、「我有 I have」、「他有 he has」，主詞是 you（你）、I（我）、he（他）……。

271 問「天氣如何？」也是重要句型。第一種句型用「疑問詞 How（如何）」，第二種句型用「What（什麼）... +介詞 like（像）」問，意思相同，只是表達方式不同。

272 it 可代表「它、牠」，也可代表「天氣、時間或距離」，也可當「虛主詞或虛受詞」。本句的 it 是代表天氣，因為後面有 cold（冷的）這個字。

讀

MP3-079

每讀完一次，就將下列白點塗黑一個，留下用功的記錄●●●●●●●●●●
讀讀看！會讀後，多讀多唸、讀熟讀透，讀到可以脫口而出。

要進入新的主題囉！▶下雨

273 **It rains here. =這裡下雨。**
它 下雨 在這裡

274 **There is rain here. =這裡下雨。**
有 雨 在這裡

275 **We have rain here. =這裡下雨。**
我們 有 雨 在這裡

要進入新的主題囉！▶用各種介詞表達位置

276 **Where is Longshan Temple? =龍山寺在哪裡？**
哪裡 是 龍山 寺

277 **It is across from the bus stop.**
它是 跨 從 那 巴士 站
（=在……對面）
=它在巴士站對面。

278 **It is next to the bus stop.**
它是 下一 到 那 巴士 站
（=在……隔壁）
=它在巴士站隔壁。

279 **It is in front of the bus stop.**
它是 在 前面 （屬於）那巴士站（的）
（=在……的前面）
=它在巴士站前面。

273～275 「下雨」的講法最常見的就是這三種句型。第一句用 It 當主詞，rains 當動詞（因為主詞 It 是第三人稱單數，所以 rain 加 s）。第二句是用 There is（有）的句型，主詞是 rain（雨），這裡的 rain 是名詞，因為「雨」是不可數名詞，所以 rain 不能

說・寫

至少背10次，背熟後，再寫寫看。說說看！下列的話英語怎麼說，

中翻英測驗

273 這裡下雨。

274 這裡下雨。

275 這裡下雨。

276 龍山寺在哪裡？

277 它在巴士站對面。

278 它在巴士站隔壁。

279 它在巴士站前面。

聽

MP3-080

聽聽看！把聽到的英語句子對應的編號填入括弧中。

聽力測驗

(1) (　　) (2) (　　) (3) (　　) (4) (　　)

(5) (　　) (6) (　　) (7) (　　)

解答：(1) 278 (2) 273 (3) 277 (4) 274 (5) 279 (6) 276 (7) 275

本測驗也可由同學當考官，唸英語給其它同學聽，不但可以練習唸英語，而且很有趣，效果加倍。

加 s，而「有」也要用 there is，不能用 there are。第三句是主詞用 We（我們），當然 We 也可改成 They，譬如：They have rain there.（他們那裡有雨＝他們那裡下雨。）

讀

MP3-081

每讀完一次，就將下列白點塗黑一個，留下用功的記錄●●●●●●●●●●
讀讀看！會讀後，多讀多唸、讀熟讀透，讀到可以脫口而出。

要進入新的主題囉！▶用各種介詞表達位置（續）

280 It is in back of the bus stop.

它是 在 後面（屬於）那巴士站（的）
（=在……的後面）

=它在巴士站後面。

281 It is in the middle of the park.

它是 在 中間（屬於）那 公園（的）
（=在……的中間）

=它在公園中間。

282 It is on the corner of A Street and B Road.

它是 在 這 角落（屬於）A街和B路（的）
（=在……的角落）

=它在 A 街和 B 路的轉角。

283 It is between the restaurant and the shoe shop.

它是（在……）那 餐館 和 那 鞋 店（……之間）

=它在餐館和鞋店之間。

284 It is on the right. =它在右邊。

它是 在 那 右邊

It is on the left. =它在左邊。

它是 在 那 左邊

說‧寫

至少背10次，背熟後，再寫寫看。說說看！下列的話英語怎麼說，

中翻英測驗

280 它在巴士站後面。

281 它在公園中間。

282 它在 A 街和 B 路的轉角。

283 它在餐館和鞋店之間。

284 它在右邊。 / 它在左邊。

聽

MP3-082

號填入括弧中。英語句子對應的編聽聽看！把聽到的

聽力測驗

（1）（ ）（2）（ ）（3）（ ）（4）（ ）

（5）（ ）

解答：（1）282（2）281（3）284（4）283（5）280

本測驗也可由同學當考官，唸英語給其它同學聽，不但可以練習唸英語，而且很有趣，效果加倍。

讀

MP3-083

每讀完一次，就將下列白點塗黑一個，留下用功的記錄●●●●●●●●●●
讀讀看！會讀後，多讀多唸、讀熟讀透，讀到可以脫口而出。

要進入新的主題囉！▶走路

285 Can you tell me the way to Longshan Temple?
能 你 告訴 我 這 路 去 龍山 寺

＝你能告訴我去龍山寺的路嗎？

286 Go straight. ＝直走。
走 直地

287 Go straight for two blocks. ＝直走二街區。
走 直地 二 街區

288 Go past the post office. ＝走過那郵局。
走 經過 那 郵局

289 Go down the road. ＝沿著這路走。
走 沿著 這 路

290 Go down the road for two minutes. ＝沿著這路走 2 分鐘。
走 沿著 這 路 為時 2 分鐘

291 Turn right. ＝向右轉。
轉 向右

Turn left. ＝向左轉。
轉 向左

292 Turn right at the bakery. ＝在那麵包店右轉。
轉 向右 在 那 麵包店

293 Cross the road. ＝越過這條路。
橫越 這 路

句子說明

285 本句的 tell me（告訴我）也可改用 show me（指示我）。另外，介詞片語 to Longshan Temple（去龍山寺）是放在名詞 way（路）後面的形容詞，形容名詞 way（路），文法

說・寫

至少背10次，背熟後，再寫寫看。說說看！下列的話英語怎麼說，

中翻英測驗

285 你能告訴我去龍山寺的路嗎？

286 直走。

287 直走二街區。

288 走過那郵局。

289 沿著這路走。

290 沿著這路走 2 分鐘。

291 向右轉。/ 向左轉。

292 在那麵包店右轉。

293 越過這條路。

聽

MP3-084

號填入括弧中。英語句子對應的編聽聽看！把聽到的

聽力測驗

（1）（　　）（2）（　　）（3）（　　）（4）（　　）

（5）（　　）（6）（　　）（7）（　　）（8）（　　）

（9）（　　）

解答：（1）286（2）290（3）292（4）288（5）291（6）287（7）293（8）289（9）285

本測驗也可由同學當考官，唸英語給其它同學聽，不但可以練習唸英語，而且很有趣，效果加倍。

上稱為「名詞後介詞片語強調區」。名詞後強調區是放在名詞後面的形容詞，介詞片語強調區是其中一種。

讀

MP3-085

每讀完一次，就將下列白點塗黑一個，留下用功的記錄●●●●●●●●●●
讀讀看！會讀後，多讀多唸、讀熟讀透，讀到可以脫口而出。

要進入新的主題囉！▶走路（續）

294 How far is Longshan Temple?
如何 遠的是 龍山 寺
（＝多遠）
＝龍山寺有多遠？

答 **It is about two kilometers from here.**
它是 大約 2 公里 從 這裡
＝它距離這裡大約 2 公里。

要進入新的主題囉！▶交通工具

295 How do you go to Taipei? ＝你如何去台北？
如何(助動詞)你 去 台北

296 I take a bus to Taipei. ＝我搭巴士去台北。
我 搭 巴士 去 台北

＝I go to Taipei by bus. ＝我搭巴士去台北。
我 去 台北 搭 巴士

297 I take a train to Taipei. ＝我搭火車去台北。
我 搭 火車 去 台北

＝I go to Taipei by train. ＝我搭火車去台北。
我 去 台北 搭 火車

句子說明

296 I take a bus to Taipei. 是直接用動詞 take（搭）來表達去台北的方法。
I go to Taipei by bus. 則是以動詞 go（去）再搭配介詞片語 by bus（搭巴士）來表達去台北的方式，表達方式不同但意思相近。但要注意，take 後面接的交通工具要加 a 或 the，而 by 後面接的交通工具不必加 a 或 the。

說說看！下列的話英語怎麼說，至少背10次，背熟後，再寫寫看。

中翻英測驗

294 龍山寺有多遠？

答 它距離這裡大約 2 公里。

295 你如何去台北？

296 我搭巴士去台北。

297 我搭火車去台北。

聽

MP3-086

聽聽看！把聽到的英語句子對應的編號填入括弧中。

聽力測驗

（1）（　　）（2）（　　）（3）（　　）（4）（　　）

解答：（1）297（2）295（3）294（4）296

本測驗也可由同學當考官，唸英語給其它同學聽，不但可以練習唸英語，而且很有趣，效果加倍。

295～300 表達「去台北」的方式：（1）直接用相關的動詞，譬如 take（搭）、ride（騎）、walk（走路）。（2）用動詞 go（去）搭配相關的介詞片語，譬如：by bus（搭巴士）、by train（搭火車）、by bike（騎腳踏車）、on foot（徒步）。但要注意小細節：ride（騎）加上 on 或 in 也可譯成「搭」，ride on（搭）＋大車、ride in（搭）＋小車。

讀

MP3-087

每讀完一次，就將下列白點塗黑一個，留下用功的記錄●●●●●●●●●●●●●●
讀讀看！會讀後，多讀多唸、讀熟讀透，讀到可以脫口而出。

要進入新的主題囉！▶交通工具（續）

298 **I take the MRT to Taipei. ＝我搭捷運去台北。**
我 搭 捷運 去 台北

＝I go to Taipei by MRT. ＝我搭捷運去台北。
我 去 台北 搭 捷運

299 **I ride a bike to Taipei. ＝我騎腳踏車去台北。**
我 騎 腳踏車去 台北

＝I go to Taipei by bike. ＝我騎腳踏車去台北。
我 去 台北 騎腳踏車

300 **I walk to Taipei. ＝我走路去台北。**
我 走路 去 台北

＝I go to Taipei on foot. ＝我走路去台北。
我 去 台北 徒步

要進入新的主題囉！▶感嘆句

301 **What a tall boy you are! ＝你是個好高的男孩喔！**
多麼 一高的男孩 你 是

302 **How tall you are! ＝你好高喔！**
多麼 高的 你 是

句子說明

301 本句是感嘆句（……呀！……喔！）的一種句型，由 what 帶頭，這裡的 what 譯成「多麼」，後面接的是名詞區（a tall boy）。讀感嘆句一定要知道它的來源句，本句的來源句是 You are a tall boy.（你是一位高的男孩）把 a tall boy 接在 what 後面就變成感嘆句。

說・寫

至少背10次，背熟後，再寫寫看。說說看！下列的話英語怎麼說，

中翻英測驗

298 我搭捷運去台北。

299 我騎腳踏車去台北。

300 我走路去台北。

301 你是個好高的男孩喔！

302 你好高喔！

聽

MP3-088

號填入括弧中。英語句子對應的編聽聽看！把聽到的

聽力測驗

(1) (　　) (2) (　　) (3) (　　) (4) (　　)

(5) (　　)

解答：(1) 299 (2) 302 (3) 298 (4) 301 (5) 300

本測驗也可由同學當考官，唸英語給其它同學聽，不但可以練習唸英語，而且很有趣，效果加倍。

302 本句是感嘆句的另一種句型，由 How 帶頭，這裡的 How 譯成「多麼」，後面接的是形容詞（tall）。本句的來源句是 You are tall.（你是高的＝你很高），把 tall 接在 how 後面就變成感嘆句。※How 後面也可接副詞，譬如：How fast you run!（多麼快地你跑＝你跑得好快喔！）它的來源句是 You run fast. 把副詞 fast 接在 how 後面就變成感嘆句。

讀

MP3-089

每讀完一次，就將下列白點塗黑一個，留下用功的記錄●●●●●●●●●●
讀讀看！會讀後，多讀多唸、讀熟讀透，讀到可以脫口而出。

要進入新的主題囉！▶授與動詞

303 **I give him a book. ＝我給他一本書。**
我 給 他 一 書

＝I give a book to him. ＝我給他一本書。
我 給 一 書 給 他

304 **I buy him a book. ＝我買給他一本書。**
我買(給) 他 一 書

＝I buy a book for him. ＝我買給他一本書。
我 買 一 書 給 他

305 **I give it to him. ＝我把它給他。**
我 給 它給 他

306 **I buy them for him. ＝我買它們給他。**
我 買 它們 給 他

要進入新的主題囉！▶幾點幾分

307 **What time is it? ＝現在幾點幾分？**
什麼 時間 是 它
（＝幾點幾分）

308 **What is the time? ＝現在幾點幾分？**
什麼 是 這 時間

句子說明

303 本句中，動詞 give 文法上叫做「授與動詞」。授與動詞的特性是它需要有二個受詞，以本句而言，一是人（him 他）、一是物（a book 書）。當「人（him 他）」放在後面當第二個受詞時，「人（him他）」的前面要加介詞to。這類的授與動詞較常見的有：give（給）、send（送）、write（寫）、bring（帶）、lend（借出的借）、show（秀；表演）。

304 本句中的授與動詞是buy，此時，若人（him 他）放在最後當第二受詞時，「人（him 他）」前面要加介詞 for，而不是 to。這類動詞較常見的有：buy（買）、make（製作）、get（拿；買）。

說•寫

至少背10次，背熟後，再寫寫看。說說看！下列的話英語怎麼說，

中翻英測驗

303 我給他一本書。

304 我買給他一本書。

305 我把它給他。

306 我買它們給他。

307 現在幾點幾分？

308 現在幾點幾分？

聽

MP3-090

號填入括弧中。英語句子對應的編聽聽看！把聽到的

聽力測驗

(1) (　　) (2) (　　) (3) (　　) (4) (　　)

(5) (　　) (6) (　　)

解答：(1) 304 (2) 303 (3) 307 (4) 305 (5) 308 (6) 306

本測驗也可由同學當考官，唸英語給其它同學聽，不但可以練習唸英語，而且很有趣，效果加倍。

305、306 當「物」是代名詞（譬如 it 它、them 它們）時，「it」或「them」一定要放前面當第一受詞，「人」要移到後面當第二受詞，所以人的前面要有介詞「to」或「for」。補充說明：用授與動詞 ask（問；要求）時，介詞是 of，不是 for，也不是 to。I ask him a question.=I ask a question of him.（我問他一個問題。）

307～309 三個句子都是問「現在幾點幾分」的句型。其中 307 What time is it? 的 it 代表時間，可以譯成「現在」。注意：309 Do you have the time? 若去掉 the，變成 Do you have time? 譯成「你有時間嗎？＝你有空嗎？」。

讀

MP3-091

每讀完一次，就將下列白點塗黑一個，留下用功的記錄●●●●●●●●●●●
讀讀看！會讀後，多讀多唸、讀熟讀透，讀到可以脫口而出。

要進入新的主題囉！▶幾點幾分（續）

309 **Do you have the time? =現在幾點幾分？**
(助動詞)你 有 這 時間

310 **It is two twenty-one. =現在是 2 點 21 分。**
它是 2點 21分

311 **It is two fifty-one. =現在是 2 點 51 分。**
它是 2點 51分

312 **It is three o'clock. =現在是 3 點整。**
它是 3 點鐘

313 **It is twenty-one past two. =現在是 2 點 21 分。**
它是 21分 過了 2點

314 **It is fifteen past two. =現在是 2 點 15 分。**
它是 15分 過了 2點

=It is a quarter past two. =現在是 2 點 15 分。
它是 一刻 過了 2點

315 **It is thirty past two. =現在是 2 點 30 分。**
它是 30分 過了 2點

= It is half past two. =現在是 2 點 30 分。
它是 一半 過了 2點

316 **It is nine to three. =現在是 2 點 51 分。**
它是 9分 就到 3點

317 **It is fifteen to three. =現在是 2 點 45 分。**
它是 15分 就到 3點

= It is a quarter to three. =現在是 2 點 45 分。
它是 一刻 就到 3點

句子說明

310、311 講「幾點幾分」，「點」在前、「分」在後，是普通的講法。
312 整點鐘時就用「o'clock（點鐘）」。
313 本句講「幾點幾分」，「分」在前、「點」在後，而且加上 past（過了）是高級講法。
注意：（1）用 past（過了）的句型，分針必須在 1 分～ 30 分之間（含 30 分）。
（2）past 也可以用 after（在……之後）取代。

說・寫

至少背10次，背熟後，再寫寫看。說說看！下列的話英語怎麼說，

中翻英測驗

309 現在幾點幾分？

310 現在是 2 點 21 分。（平常講法）

311 現在是 2 點 51 分。（平常講法）

312 現在是 3 點整。（平常講法）

313 現在是 2 點 21 分。（高級講法）

314 現在是 2 點 15 分。（高級講法）

315 現在是 2 點 30 分。（高級講法）

316 現在是 2 點 51 分。（高級講法）

317 現在是 2 點 45 分。（高級講法）

聽

MP3-092

號填入括弧中。英語句子對應的編聽聽看！把聽到的

聽力測驗

（1）（　　）（2）（　　）（3）（　　）（4）（　　）

（5）（　　）（6）（　　）（7）（　　）（8）（　　）

（9）（　　）

解答：（1）311（2）313（3）316（4）310（5）312（6）315（7）317（8）314（9）309

本測驗也可由同學當考官，唸英語給其它同學聽，不但可以練習唸英語，而且很有趣，效果加倍。

314、315 當分鐘恰好是 fifteen（15 分）時，可用 a quarter（一刻）代表 15 分，當分鐘恰巧是 thirty（30 分）時，可用 a half（一半）代表 30 分。

316 本句講「幾點幾分」，「分」在前、「點」在後，而且加上 to（就到）也是高級講法。
注意：（1）用 to（就到）的句型，分針必須在 31 ～ 59 分之間。
（2）to 也可以用 before（在……之前）取代。

We always succeed when we only wish to do well.
只要我們一心一意把事情做好，總是會成功。

～ **Rousseau 盧梭**

LEVEL 3

讀

MP3-093

每讀完一次，就將下列白點塗黑一個，留下用功的記錄●●●●●●●●●●
讀讀看！會讀後，多讀多唸、讀熟讀透，讀到可以脫口而出。

要進入新的主題囉！▶洗臉、刷牙、遛狗……

318 **I wash my face.＝我洗臉。**
我 洗 我的 臉

319 **I brush my teeth.＝我刷牙。**
我 刷 我的 牙

320 **I walk my dog.＝我遛狗。**
我 走 我的 狗

321 **I do my homework.＝我做家庭功課。**
我 做 我的 家庭功課

322 **I do my best to finish it.＝我盡力去完成它。**
我 做 我的 最好 去 完成 它

323 **I play basketball in my free time.＝我空閒時打籃球。**
我 打 籃球 在 我的空閒的 時間

要進入新的主題囉！▶人玩得很愉快

324 **I have a good time.＝我玩得很愉快。**
我 有 一 好的 時光

325 **I have fun.＝我玩得很愉快。**
我 有 好玩；樂趣

句子說明

318～323 以上句型都有個特色，就是I（我）搭配my（我的）。如果I（我）改成You（你），則搭配your（你的），譬如：You wash your face.、You brush your teeth.、You walk your dog.、You do your homework.、You do your best to finish it.、You play basketball in your free time.……等。當然，英文是活的，my、your……也可改成同一掛的the，變成I wash the face.、I brush the teeth.、I walk the dog.……，意思不同而已。

說•寫

至少背10次，背熟後，再寫寫看。說說看！下列的話英語怎麼說，

中翻英測驗

318 我洗臉。

319 我刷牙。

320 我遛狗。

321 我做家庭功課。

322 我盡力去完成它。

323 我空閒時打籃球。

324 我玩得很愉快。

325 我玩得很愉快。

聽

MP3-094

號填入括弧中。英語句子對應的編聽聽看！把聽到的

聽力測驗

（1）（　　）（2）（　　）（3）（　　）（4）（　　）

（5）（　　）（6）（　　）（7）（　　）（8）（　　）

解答：（1）321（2）320（3）323（4）318（5）325（6）319（7）324（8）322

本測驗也可由同學當考官，唸英語給其它同學聽，不但可以練習唸英語，而且很有趣，效果加倍。

325 主詞是「人」的時候（譬如 324、325 句中的「I」），若要說「人」玩得愉快、不愉快，動詞要用 have（有）的系列。其中，I have fun.（我有好玩＝我玩得很愉快。）也可以再加上 a lot of（很多）、much（很多），強調非常愉快。譬如 I have a lot of fun.；I have much fun.（我玩得非常愉快。）

讀

MP3-095

每讀完一次，就將下列白點塗黑一個，留下用功的記錄●●●●●●●●●●
讀讀看！會讀後，多讀多唸、讀熟讀透，讀到可以脫口而出。

要進入新的主題囉！▶人玩得很愉快（續）

326 I have fun playing basketball. ＝我打籃球打得很愉快。
我 有 好玩 打 籃球

要進入新的主題囉！▶事或物很好玩

327 Swimming is fun. ＝游泳很好玩。
游泳（這件事）是 好玩

要進入新的主題囉！▶人或事（狀況）很好

328 I'm fine. ＝我很好。
我是 好的

329 Everything is fine. ＝一切都好。
每件事 是 好的

330 Everything is fine with him. ＝他一切都好。
每件事 是 好的 於 他

要進入新的主題囉！▶用 everything 表達重要的事

331 You are everything to me. ＝你是我的一切。
你 是 每件事 對 我

句子說明

326 如果要說，做什麼動作很好玩、很愉快，則 have fun 後面要增加一個動詞（動作）。但這個動詞要變動名詞，譬如本句 have fun 後面的動詞 play 變成 playing。

說・寫

至少背10次，背熟後，再寫寫看。說說看！下列的話英語怎麼說，

中翻英測驗

326 我打籃球打得很愉快。

327 游泳很好玩。

328 我很好。

329 一切都好。

330 他一切都好。

331 你是我的一切。

聽

MP3-096

號填入括弧中。英語句子對應的編聽聽看！把聽到的

聽力測驗

(1) (　　) (2) (　　) (3) (　　) (4) (　　)

(5) (　　) (6) (　　)

解答：(1) 328 (2) 331 (3) 330 (4) 327 (5) 326 (6) 329

本測驗也可由同學當考官，唸英語給其它同學聽，不但可以練習唸英語，而且很有趣，效果加倍。

327 動詞 swim（游泳）加 ing，變成 swimming 可稱為現在分詞也可稱為動名詞，在本句中 swimming 是動名詞。動名詞就是名詞，在句子中就可以擔任主詞、受詞或補語，swimming 在本句中是擔任主詞，代表一件事（游泳這件事）。當我們要講「事或物很好玩」的時候，動詞要用 be 系列，本句中用的是 is。

讀

MP3-097

每讀完一次，就將下列白點塗黑一個，留下用功的記錄●●●●●●●●●
讀讀看！會讀後，多讀多唸、讀熟讀透，讀到可以脫口而出。

要進入新的主題囉！▶用everything表達重要的事（續）

332 **She is everything to him.** ＝她是他的一切。
她 是 每件事 對 他

333 **Love is everything to her.** ＝愛是她的一切。
愛 是 每件事 對 她

要進入新的主題囉！▶人的天賦、才藝

334 **You have a gift for learning English.**
你 有 一天賦 於 學習 英語
＝你有學習英語的天賦。

335 **You have a talent for music.** ＝你有音樂的才藝。
你 有 一 才藝 於 音樂

要進入新的主題囉！▶謝謝人家的幫忙；要求人家的幫忙

336 **Thank you for help.** ＝謝謝你幫忙。
謝謝 你 幫忙

337 **I ask him for help.** ＝我要求他幫忙。
我要求 他 幫忙

338 **Thanks to you, I can finish it.** ＝由於你，我才能完成它。
由於 你 我 能 完成 它

334、335 二句，原句只是 You have a gift. 和 You have a talent.。介詞片語 for learning English 和 for music 是加在名詞 gift 和 talent 後面的形容詞，文法上稱為「名詞後介詞片語強調區」。

說•寫

至少背10次，背熟後，再寫寫看。說說看！下列的話英語怎麼說，

中翻英測驗

332 她是他的一切。

333 愛是她的一切。

334 你有學習英語的天賦。

335 你有音樂的才藝。

336 謝謝你幫忙。

337 我要求他幫忙。

338 由於你，我才能完成它。

聽

MP3-098

號填入括弧中。英語句子對應的編聽聽看！把聽到的

聽力測驗

(1) (　　) (2) (　　) (3) (　　) (4) (　　)

(5) (　　) (6) (　　) (7) (　　)

解答：(1) 335 (2) 338 (3) 336 (4) 333 (5) 337 (6) 334 (7) 332

本測驗也可由同學當考官，唸英語給其它同學聽，不但可以練習唸英語，而且很有趣，效果加倍。

337 英文說「謝謝你幫忙。」、「我要求他幫忙。」這類句子時，在「幫忙（help）」前面要加介詞 for。但翻成中文時，for 不必翻譯。

338 thanks to 兩個字要看成一個介詞，譯成「由於」或「多虧」。

讀

MP3-099

每讀完一次，就將下列白點塗黑一個，留下用功的記錄●●●●●●●●●●
讀讀看！會讀後，多讀多唸、讀熟讀透，讀到可以脫口而出。

要進入新的主題囉！▶發生什麼事？；怎麼了？

339 What is happening? (= What's happening?)
什麼　在發生

＝現在發生什麼事了？

340 What is going on? (= What's going on?)
什麼　在發生

＝現在發生什麼事了？

341 Something is wrong with my car. ＝我的車有些問題。
某事　是不對勁的　於　我的　車

342 What's the problem? ＝有什麼問題嗎？
什麼是　這　問題

343 What's the problem with Tom?
什麼是　這　問題　於　湯姆

＝湯姆他有什麼問題？＝湯姆怎麼了？

344 Is there any problem? ＝有問題嗎？
有　任何　問題

345 Is there any problem with Pete? ＝彼特怎麼了？
有　任何　問題　於　彼特

要進入新的主題囉！▶花錢、花時間

346 I spend too much money on clothes.
我　花　太　多的　錢　（在）衣服（之上）

＝我花太多錢在衣服上。

346～348 spend 是「人」花多少時間、多少錢的「花」，主詞常是「人」。spend 的過去式是 spent。

說・寫

至少背10次，背熟後，再寫寫看。說說看！下列的話英語怎麼說，

中翻英測驗

339 現在發生什麼事了？

340 現在發生什麼事了？

341 我的車有些問題。

342 有什麼問題嗎？

343 湯姆他有什麼問題？＝湯姆怎麼了？

344 有問題嗎？

345 彼特怎麼了？

346 我花太多錢在衣服上。

聽

MP3-100

號填入括弧中。英語句子對應的編聽聽看！把聽到的

聽力測驗

（1）（　　）（2）（　　）（3）（　　）（4）（　　）

（5）（　　）（6）（　　）（7）（　　）（8）（　　）

解答：（1）342（2）344（3）339（4）346（5）341（6）345（7）343（8）340

本測驗也可由同學當考官，唸英語給其它同學聽，不但可以練習唸英語，而且很有趣，效果加倍。

讀

MP3-101

每讀完一次，就將下列白點塗黑一個，留下用功的記錄●●●●●●●●●●
讀讀看！會讀後，多讀多唸、讀熟讀透，讀到可以脫口而出。

要進入新的主題囉！▶花錢、花時間（續）

347 I spend too much time on computer games.
我 花 太 多的 時間 （在）電腦遊戲（之上）

＝我花太多時間在電腦遊戲上。

348 I spend two hours playing basketball.
我 花 2 小時 打 籃球

＝我花 2 小時打籃球。

349 The book costs me NT$200. ＝這本書花我新台幣 200 元。
這 書 花 我 新台幣200元

350 Playing basketball takes me two hours.
打籃球（這件事） 花 我 2 小時

＝打籃球花我 2 小時。

要進入新的主題囉！▶代名詞 it

351 It is a book. ＝它是一本書。
它是一 書

352 It is a cat. ＝牠是一隻貓。
牠是一 貓

353 It is cold. ＝天氣很冷。
它是 冷的

句子說明

348 spend 後面若再接另一個動作（動詞）時，後面的動詞要改 Ving，所以打籃球的「打」用 playing。

349 cost 是「事或物」花人多少錢的「花」，主詞常是「事或物」。cost 的過去式也是 cost。cost 另可譯成「事或物」要價多少錢的「要價」或「值」多少錢的「值」。

說・寫

至少背10次，背熟後，再寫寫看。說說看！下列的話英語怎麼說，

中翻英測驗

347 我花太多時間在電腦遊戲上。

348 我花 2 小時打籃球。

349 這本書花我新台幣 200 元。

350 打籃球花我 2 小時。

351 它是一本書。

352 牠是一隻貓。

353 天氣很冷。

聽

MP3-102

聽聽看！把聽到的英語句子對應的編號填入括弧中。

聽力測驗

(1) (　　) (2) (　　) (3) (　　) (4) (　　)

(5) (　　) (6) (　　) (7) (　　)

解答：(1) 348 (2) 352 (3) 349 (4) 351 (5) 353 (6) 347 (7) 350

本測驗也可由同學當考官，唸英語給其它同學聽，不但可以練習唸英語，而且很有趣，效果加倍。

350 take 是「事或物」花人多少時間的「花」，主詞常是「事或物」，句中動名詞片語 playing basketball（打籃球）是當主詞，代表一件「事」。take 的過去式是 took。take 另可譯成「需要」。

351～355 it 可代表「它、牠、天氣、時間、距離」。

讀

MP3-103

每讀完一次，就將下列白點塗黑一個，留下用功的記錄●●●●●●●●●●●
讀讀看！會讀後，多讀多唸、讀熟讀透，讀到可以脫口而出。

要進入新的主題囉！▶代名詞 it（續）

354 It is two twenty. ＝現在（時間）是 2 點 20 分。
它是 2點 20分

355 It is far from my home to the park.
它是遠的 從 我的 家 去 那 公園
＝從我家去那公園距離很遠。

356 To swim is good. ＝游泳是很好的。
游泳（這件事）是 好的

357 It is good to swim. ＝游泳是很好的。
它是 好的 游泳

358 That the earth is round is true. ＝「地球是圓的」是真的。
地球是圓的（這件事） 是 真的

359 It is true that the earth is round. ＝「地球是圓的」是真的。
它是 真的 地球是圓的（這件事）

360 I found it easy to learn English.
我 發現 它容易的 去 學習 英語
＝我發現學習英語是很容易的。

361 I think it right that I study English very hard.
我 認為 它 對的 我非常努力地研讀英語（這件事）
＝我認為我非常努力地研讀英語是對的。

句子說明

356、357 it 可當虛主詞，代替不定詞片語 to swim 放在句首，真主詞的 to swim 移到後面。

358、359 it 可當虛主詞，代替 That 子句（也可稱為名詞子句）That the earth is round. 放在句首，真主詞 that the earth is round 移到後面。（it 也可代替 whether 子句、疑問句子句等名詞子句當虛主詞。）

360 本句的 it 是當「虛受詞」，句中的不定詞片語 to learn English（學習英語）才是動詞

說・寫

至少背10次，背熟後，再寫寫看。說說看！下列的話英語怎麼說，

中翻英測驗

354 現在（時間）是 2 點 20 分。

355 從我家去那公園距離很遠。

356 游泳是很好的。

357 游泳是很好的。

358 「地球是圓的」是真的。

359 「地球是圓的」是真的。

360 我發現學習英語是很容易的。

361 我認為我非常努力地研讀英語是對的。

聽

MP3-104

號填入括弧中。英語句子對應的編聽聽看！把聽到的

聽力測驗

（1）（　　）（2）（　　）（3）（　　）（4）（　　）

（5）（　　）（6）（　　）（7）（　　）（8）（　　）

解答：（1）357（2）359（3）355（4）354（5）361（6）358（7）360（8）356

本測驗也可由同學當考官，唸英語給其它同學聽，不但可以練習唸英語，而且很有趣，效果加倍。

found（發現）的真正受詞，但是字太長，放在 found 後面不適合，所以用 it 當「虛受詞」代替，to learn English 則放到後面。註：found 是 find 的過去式。

361 本句的 it 也是「虛受詞」，句中的 that 子句（也可稱為名詞子句）才是動詞 think（想；認為）的真正受詞，但這個 that 子句字太多，放在 think 後面不適合，所以用 it 當「虛受詞」代替，that I study English very hard 則放到後面。

讀

MP3-105

每讀完一次，就將下列白點塗黑一個，留下用功的記錄●●●●●●●●●●●●
讀讀看！會讀後，多讀多唸、讀熟讀透，讀到可以脫口而出。

要進入新的主題囉！▶ be 動詞的過去式 was、were

362 I am a teacher. ＝我（現在）是一位老師。
我 是 一 老師

363 I was a teacher last year. ＝我去年是一位老師。
我 是 一 老師 去年

364 You are a teacher. ＝你（現在）是一位老師。
你 是 一 老師

365 You were a teacher last year. ＝你去年是一位老師。
你 是 一 老師 去年

366 He is a teacher. ＝他（現在）是一位老師。
他 是一 老師

367 He was a teacher last year. ＝他去年是一位老師。
他 是 一 老師 去年

368 Where were you last night? ＝你昨晚在哪裡？
哪裡 是 你 昨晚

答 I was in the classroom last night. ＝我昨晚在教室裡。
我 是 在 那 教室 昨晚

要進入新的主題囉！▶一般動詞的過去式，以 cleaned 為例

369 I cleaned my room yesterday. ＝我昨天整理了我的房間。
我 清潔 我的 房間 昨天

句子說明

367 was是I（我）和第三人稱單數（譬如he他）在用。were是you（你）和第三人稱複數（譬如they）在用。過去式來自於動詞三態，動詞三態包括：原形、過去式、過去分詞。

368 be動詞的句子若是疑問句，be動詞要移到前面，譬如本句中were移到主詞you的前面。若又有疑問詞，譬如where（哪裡），則疑問詞放最前面。

至少背10次，背熟後，再寫寫看。說說看！下列的話英語怎麼說，

中翻英測驗

362 我（現在）是一位老師。

363 我去年是一位老師。

364 你（現在）是一位老師。

365 你去年是一位老師。

366 他（現在）是一位老師。

367 他去年是一位老師。

368 你昨晚在哪裡？

答 我昨晚在教室裡。

369 我昨天整理了我的房間。

聽

MP3-106

號填入括弧中。英語句子對應的編聽聽看！把聽到的

聽力測驗

（1）（　　）（2）（　　）（3）（　　）（4）（　　）

（5）（　　）（6）（　　）（7）（　　）（8）（　　）

解答：（1）363（2）365（3）368（4）364（5）367（6）369（7）366（8）362

本測驗也可由同學當考官，唸英語給其它同學聽，不但可以練習唸英語，而且很有趣，效果加倍。

369 本句動詞 cleaned 是 clean 的過去簡單式（俗稱過去式），表示主詞（I 我）的動作時空是在過去，動作方式是簡單式。簡單式是指平常、習慣性的動作。過去式來自於動詞三態，動詞三態包含原形、過去式、過去分詞。任何動作都有一個時間點或時空背景點，句中我們看到 yesterday（昨天），它是時間副詞，是為了襯托動詞是過去的時空背景而加入，可使聽這句話或看這句話的人更了解動詞（cleaned）的時空背景是在「昨天」。

讀

MP3-107

每讀完一次，就將下列白點塗黑一個，留下用功的記錄●●●●●●●●●●讀讀看！會讀後，多讀多唸、讀熟讀透，讀到可以脫口而出。

要進入新的主題囉！▶一般動詞的過去式，以cleaned為例（續）

370 **Did you clean your room yesterday?**
(助動詞) 你 清潔 你 房間 昨天

＝你昨天整理了你的房間嗎？

簡答 **Yes, I did. No, I didn't.**
是的 我 是 不 我 沒有

371 **What did you do yesterday?** ＝你昨天做了什麼？
什麼 (助動詞) 你 做 昨天

答 **I cleaned my room yesterday.**
我 清潔 我的 房間 昨天

＝我昨天整理了我的房間。

372 **I cleaned my room at that time.** ＝我那時整理了我的房間。
我 清潔 我的 房間 在 那 時間

373 **I cleaned my room when Mom came home.**
我 清潔 我的 房間 當 媽媽 回 家

＝當媽媽回家時，我整理了我的房間。

句子說明

370 本句是一般動詞（clean）的句子，改疑問句時，因為沒有其他助動詞（譬如 can），所以要自動補上助動詞 do 系列（do、does、did）。而本句是過去式，所以助動詞用 did。注意，句中有助動詞時，本動詞要用原形。

371 本句是疑問句。疑問句有疑問詞（what）時，疑問詞要放句首。注意，本句的答句，因為已經沒有助動詞，所以 cleaned 要有 ed，要用過去式。

372 從本句看出，襯托動詞（cleaned）過去時空背景的除了時間副詞（譬如 yesterday 昨天）之外，也可以是介詞片語（at that time）。這裡的介詞片語也是副詞功能，形容動詞（cleaned）。

說・寫

至少背10次，背熟後，再寫寫看。說說看！下列的話英語怎麼說，

中翻英測驗

370 你昨天整理了你的房間嗎？

簡答 是的，我是。/ 不，我沒有。

371 你昨天做了什麼？

答 我昨天整理了我的房間。

372 我那時整理了我的房間。

373 當媽媽回家時，我整理了我的房間。

聽

MP3-108

號填入括弧中。英語句子對應的編聽聽看！把聽到的

聽力測驗

(1) (　　) (2) (　　) (3) (　　) (4) (　　)

解答：(1) 371 (2) 373 (3) 370 (4) 372

本測驗也可由同學當考官，唸英語給其它同學聽，不但可以練習唸英語，而且很有趣，效果加倍。

373 從本句看出，襯托動詞（cleaned）過去時空背景的也可以是一個副詞子句（when Mom came home）。本句中，「when」這個字譯成「當」，文法上叫做「從屬連接詞」，專門用來帶子句。從屬連接詞 when 帶的子句 when Mom came home 原本叫做從屬子句，但這個從屬子句出現的目的是為了襯托主要子句 I cleaned my room 的動詞 cleaned，是副詞功能，所以 when Mom came home 文法上又叫做副詞子句。要注意，像以上有兩個子句（一個是主要子句，一個是副詞子句）時，就有兩個動詞，有兩個動詞就要注意它們時空的搭配：cleaned 是 clean 的過去式，是過去時空；came 是 come 的過去式，也是過去時空。過去時空要搭配過去時空。

讀

MP3-109

每讀完一次，就將下列白點塗黑一個，留下用功的記錄●●●●●●●●●●
讀讀看！會讀後，多讀多唸、讀熟讀透，讀到可以脫口而出。

要進入新的主題囉！▶一般動詞的過去式，以cleaned為例（續）

374 I cleaned my room before Mom came home.
我 清潔 我的 房間 （在）媽媽回家（之前）

＝在媽媽回家之前，我整理了我的房間。

375 I cleaned my room after Mom came home.
我 清潔 我的 房間 （在）媽媽回家（之後）

＝在媽媽回家之後，我整理了我的房間。

要進入新的主題囉！▶過去進行式

376 I was cleaning my room then. ＝我那時正在整理我的房間。
我正在 清潔 我的 房間 那時

377 I was cleaning my room at six yesterday evening.
我正在 清潔 我的 房間 在6點 昨天 晚上

＝我昨晚 6 點正在整理我的房間。

句子說明

374 本句只是將從屬連接詞改為 before（在……之前）的例句。

375 本句只是將從屬連接詞改為 after（在……之後）的例句。

376 本句講的是「過去進行式」。過去進行式是由 was 或 were ＋ Ving 現在分詞組成，意思是在過去某個時間點，動作「正在……」。一般而言，進行式常表示在某個特定的時段，有個動作正在進行，所以進行式常搭配一個特定時段。本句的 then（那時）就是一種特定時段，then 文法叫做「時間副詞」。用「then（那時）」來搭配過去進行式很適合。

說・寫

至少背10次，背熟後，再寫寫看。說說看！下列的話英語怎麼說，

中翻英測驗

374 在媽媽回家之前，我整理了我的房間。

375 在媽媽回家之後，我整理了我的房間。

376 我那時正在整理我的房間。

377 我昨晚 6 點正在整理我的房間。

聽

MP3-110

聽聽看！把聽到的英語句子對應的編號填入括弧中。

聽力測驗

（1）（　　）（2）（　　）（3）（　　）（4）（　　）

解答：（1）376（2）374（3）377（4）375

本測驗也可由同學當考官，唸英語給其它同學聽，不但可以練習唸英語，而且很有趣，效果加倍。

377 本句中的「在昨晚 6 點」也是特定時段，用來搭配過去進行式 I was cleaning（我正在清潔）很適合。這個 at six yesterday evening（在昨晚 6 點）是由介詞 at 帶的介詞片語，在句中是襯托（形容）本動詞 cleaning，是副詞功能。換句話說，除了時間副詞（如上句的 then）外，介詞片語（如本句的 at six yesterday evening）也可以當特定時段。另外，副詞子句（如下句的 when Mom came home）也可以。

讀

MP3-111

每讀完一次，就將下列白點塗黑一個，留下用功的記錄●●●●●●●●●●
讀讀看！會讀後，多讀多唸、讀熟讀透，讀到可以脫口而出。

要進入新的主題囉！▶過去進行式（續）

378 **I was cleaning my room when Mom came home.**
我正在 清潔 我的 房間 當 媽媽 回 家

＝當媽媽回家時，我正在整理我的房間。

379 **I was cleaning my room while Tom was playing basketball.**
我正在 清潔 我的 房間 （當）湯姆正在打 籃球（的時候）

＝當湯姆正在打籃球時，我正在整理我的房間。

380 **I saw Mary while Tom was playing basketball.**
我看見 瑪莉 （當）湯姆正在打籃球（的時候）

＝當湯姆正在打籃球時，我看見了瑪莉。

句子說明

378 本句中的「當媽媽回家」也是特定時段，用來搭配過去進行式 I was cleaning（我正在清潔）也很適合、很順。其中 I was cleaning my room. 是主要子句，when Mom came home 是副詞子句。再次提醒：有二個子句時，要注意兩個動詞的搭配。動詞的搭配分為（1）時空的搭配，時空分為現在、過去、未來。（2）動作方式的搭配，動作方式分為簡單式、進行式、完成式、完成進行式、被動式。時空的搭配文法有一定的規則，本句是過去時空（was）搭配過去時空（came）。動作方式則依實際情形而定，由說話者決定，只要看句子的人或聽句子的人聽得懂、很順即可。譬如：本句「當媽媽回家時，動作 came 用簡單式；我正在整理我的房間，動作用 was cleaning 進行式」意思就很通順。

379 本句中，while（當……的時候）和 when（當）一樣是從屬連接詞，只是 while 帶的副詞

說・寫

至少背10次，背熟後，再寫寫看。說說看！下列的話英語怎麼說，

中翻英測驗

378 當媽媽回家時，我正在整理我的房間。

379 當湯姆正在打籃球時，我正在整理我的房間。

380 當湯姆正在打籃球時，我看見了瑪莉。

聽

MP3-112

號填入括弧中。英語句子對應的編聽聽看！把聽到的

聽力測驗

（1）（　　）（2）（　　）（3）（　　）

解答：（1）379（2）380（3）378

本測驗也可由同學當考官，唸英語給其它同學聽，不但可以練習唸英語，而且很有趣，效果加倍。

子句的動作習慣上都是用進行式（while Tom was playing basketball）。本句中主要子句 I was cleaning my room（我正在清潔我的房間）和副詞子句 while Tom was playing basketball（當湯姆正在打籃球時）動詞的時空都是過去時空，符合文法規則。動作的方式都是進行式也很適合、很順。

380 本句中主要子句 I saw Mary，動詞 saw 是過去時空；副詞子句 while Tom was playing basketball，動詞 was playing 也是過去時空。二個動詞都是在過去時空，符合文法規則。另外，動作的方式，while Tom was playing basketball（當湯姆正在打籃球時），時間較長且正在進行用進行式；I saw Mary.（我看見了瑪莉），時間較短用簡單式，也搭配得很順、很適合。

讀

MP3-113

每讀完一次，就將下列白點塗黑一個，留下用功的記錄●●●●●●●●●●●
讀讀看！會讀後，多讀多唸、讀熟讀透，讀到可以脫口而出。

要進入新的主題囉！▶不定詞片語當主詞、受詞、補語

381 **To play basketball is good.** ＝打籃球是好的。
打籃球（這件事） 是 好的

382 **It is good to play basketball.** ＝打籃球是好的。
它是 好的 打籃球（這件事）

383 **It is good for you to play basketball.** ＝打籃球對你是好的。
它是 好的 對 你 打籃球（這件事）

384 **I like to play basketball.** ＝我喜歡打籃球。
我喜歡 打籃球（這件事）

385 **My favorite is to play basketball.** ＝我的最愛是打籃球。
我的 最愛 是 打籃球（這件事）

386 **To be honest is important.** ＝誠實是很重要的。
誠實（這件事）是 重要的

387 **It is important to be honest.** ＝誠實是很重要的。
它是 重要的 誠實（這件事）

句子說明

381～383 句子就是人講的話。人講的話不外乎是講「人」、「物」或「事」。而這「人、物、事」在英文文法上叫做「名詞」。名詞在一句話中有三種功能：一是當主詞，一是當受詞，一是當補語。to＋動詞原形（以 to V 做標記）叫做「不定詞片語」。任何動詞或動詞片語（譬如 play basketball）前面只要加上不定詞 to，變成不定詞片語（譬如 to play basketball）就具有名詞功能，就可以在一句話中當主詞、受詞或補語，用來講「事」（譬如 to play basketball 是講「打籃球這件事」）。上列 381～383 例句中，不定詞片語 To play basketball 是當主詞。注意：不定詞片語當主詞時，依英文文法，可以移到句子後面，前面用虛主詞 it 代替（譬如 382 It is good to

說・寫

至少背10次，背熟後，再寫寫看。說說看！下列的話英語怎麼說，

中翻英測驗

381 打籃球是好的。

382 打籃球是好的。

383 打籃球對你是好的。

384 我喜歡打籃球。

385 我的最愛是打籃球。

386 誠實是很重要的。

387 誠實是很重要的。

聽

MP3-114

號填入括弧中。英語句子對應的編聽聽看！把聽到的

聽力測驗

(1)(　　)(2)(　　)(3)(　　)(4)(　　)

(5)(　　)(6)(　　)(7)(　　)

解答：(1) 386 (2) 382 (3) 385 (4) 383 (5) 387 (6) 381 (7) 384

本測驗也可由同學當考官，唸英語給其它同學聽，不但可以練習唸英語，而且很有趣，效果加倍。

play basketball.）。另外，為了表達的需要，也可以加上介詞片語（譬如 for you）如 383 It is good for you to play basketball.。

384 本句的不定詞片語 to play basketball 具有名詞功能，在本句中是當動詞 like 的受詞。

385 本句的不定詞片語 to play basketball 具有名詞功能，在本句中是在 be 動詞 is 後面當補語，補語就是補充的話。

386 本句中，不定詞片語 To be honest 是由 I am honest.（我是誠實的。＝我很誠實。）去掉 I，把 am 變成原形 be，前面再加上不定詞 To，變成不定詞片語 To be honest 在本句中當主詞。387 It is important to be honest. 則是用虛主詞 it 代替不定詞片語 To be honest。

讀

MP3-115

每讀完一次，就將下列白點塗黑一個，留下用功的記錄●●●●●●●●●●
讀讀看！會讀後，多讀多唸、讀熟讀透，讀到可以脫口而出。

要進入新的主題囉！▶不定詞片語當主詞、受詞、補語（續）

388 It is important for you to be honest.
它是 重要的 對 你 誠實（這件事）

＝誠實對你是很重要的。

389 To be happy is necessary. ＝快樂是需要的。
快樂（這件事）是 需要的

390 It is necessary to be happy. ＝快樂是需要的。
它是 需要的 快樂（這件事）

391 It is necessary for you to be happy. ＝快樂對你是需要的。
它是 需要的 對 你 快樂（這件事）

392 You are nice to lend me the book. ＝你真好，借我這本書。
你 是 好的 借 我 這 書

393 It is nice of you to lend me the book.
它是 好的 於 你 借 我 這 書

＝你真好，借我這本書。

句子說明

388 作者舉這個例子最主要是要說明，「誠實」的一般講法是：I am honest. 我是誠實的。（＝我很誠實。）；You are honest. 你是誠實的。（＝你很誠實。）要把「誠實」變成不定詞片語，除了加上不定詞 to 之外，還要把 be 動詞（am、are……）變成原形動詞 be，變成 to be honest。

389 本句的不定詞片語 to be happy 是從 I am happy. 而來的。把 I 去掉，加上不定詞 to，再把 am 改原形 be，就變成 to be happy，就可以用來講「快樂」這件事。本句中的 to be happy 是當主詞。390 It is necessary to be happy. 則是用虛主詞 it 代替不定詞片語 To

說・寫

說說看！下列的話英語怎麼說，至少背10次，背熟後，再寫寫看。

中翻英測驗

388 誠實對你是很重要的。

389 快樂是需要的。

390 快樂是需要的。

391 快樂對你是需要的。

392 你真好，借我這本書。

393 你真好，借我這本書。

聽

MP3-116

聽聽看！把聽到的英語句子對應的編號填入括弧中。

聽力測驗

（1）（　　）（2）（　　）（3）（　　）（4）（　　）

（5）（　　）（6）（　　）

解答：（1）392（2）391（3）393（4）388（5）390（6）389

本測驗也可由同學當考官，唸英語給其它同學聽，不但可以練習唸英語，而且很有趣，效果加倍。

be happy。

392、393 此兩句是表示「你人很好」的二個句型。第一句是 You（你）當主詞，第二句是 It（它）當主詞。其中要注意的是，第二句 It is nice of you to lend me the book. 句中用的介詞是 of，不是 for；和前面我們讀的，譬如 It is good for you to play basketball. 句型看起來很像，但意義不同，較常用於表示「friendly 友善的」、「nice 善良的」、「polite 有禮貌的」、「stupid 愚笨的」的時候使用。

讀

MP3-117

每讀完一次，就將下列白點塗黑一個，留下用功的記錄●●●●●●●●●●
讀讀看！會讀後，多讀多唸、讀熟讀透，讀到可以脫口而出。

要進入新的主題囉！▶動名詞片語當主詞、受詞、補語

394 **Playing basketball is good.** =打籃球是好的。
打籃球（這件事） 是 好的

395 **Playing basketball is good for you.** =打籃球對你是好的。
打籃球（這件事） 是 好的 對 你

396 **I like playing basketball.** =我喜歡打籃球。
我喜歡 打籃球（這件事）

397 **My favorite is playing basketball.** =我的最愛是打籃球。
我的 最愛 是 打籃球（這件事）

398 **Being honest is important.** =誠實是很重要的。
誠實（這件事） 是 重要的

399 **Being honest is important for you.**
誠實（這件事） 是 重要的 對 你

=誠實對你是很重要的。

400 **Eating too much meat and drinking too much coffee are**
吃 太 多的 肉 和 喝 太 多的 咖啡 是

bad for you.
壞的 對 你

=吃太多肉和喝太多咖啡對你是不好的。

句子說明

394 動詞原形＋ing（Ving）有兩種稱呼，一叫現在分詞，二叫動名詞。動名詞就是名詞，只是有動作味道的名詞，既然是名詞，就可以當主詞、受詞或補語。動名詞或動名詞片語代表一件事。本句中 Playing basketball 是動名詞片語，在句中當主詞。要注意：動名詞片語當主詞時很少用 it 當虛主詞，和不定詞片語當主詞時常用 it 當虛主詞不同。

396 本句中，動名詞片語 playing basketball 是當動詞 like 的受詞。

397 本句中，動名詞片語 playing basketball 是在 be 動詞 is 後面當補語。注意：本句中，is playing 雖然是 be 動詞＋ Ving，但並不是進行式。

說•寫

至少背10次，背熟後，再寫寫看。說說看！下列的話英語怎麼說，

中翻英測驗

394 打籃球是好的。

395 打籃球對你是好的。

396 我喜歡打籃球。

397 我的最愛是打籃球。

398 誠實是很重要的。

399 誠實對你是很重要的。

400 吃太多肉和喝太多咖啡對你是不好的。

聽

MP3-118

號填入括弧中。英語句子對應的編聽聽看！把聽到的

聽力測驗

(1) (　　) (2) (　　) (3) (　　) (4) (　　)

(5) (　　) (6) (　　) (7) (　　)

解答：(1) 398 (2) 395 (3) 400 (4) 397 (5) 399 (6) 396 (7) 394

本測驗也可由同學當考官，唸英語給其它同學聽，不但可以練習唸英語，而且很有趣，效果加倍。

398 本句中，動名詞片語 Being honest 是由 I am honest.（我是誠實的。＝我很誠實。）去掉 I，把 am 變成原形 be，再變成 be 動詞的動名詞 being，Being honest 就是動名詞片語（意思是「誠實」這件事），可以當主詞、受詞、補語。本句中，動名詞片語 Being honest 是當主詞。

400 本句是二個動名詞片語當主詞，是第三人稱複數，所以動詞要用第三人稱複數的動詞，以 be 動詞的現在式而言就是 are。

讀

MP3-119

每讀完一次，就將下列白點塗黑一個，留下用功的記錄●●●●●●●●●●●●
讀讀看！會讀後，多讀多唸、讀熟讀透，讀到可以脫口而出。

要進入新的主題囉！▶ before 可當連接詞、介詞、副詞

401 Think well before you decide. ＝決定前好好考慮。
想　好地（在）你決定（之前）

402 I walk before you. ＝我在你前面走。
我　走　（在）你（之前）

403 I never met him before. ＝我以前未曾遇見過他。
我 未曾　遇見　他　以前

要進入新的主題囉！▶ after 可當連接詞、介詞、副詞

404 We shall eat after he goes. ＝他走後我們就吃飯。
我們　將　吃（在）他走（之後）

405 He walks after you. ＝他在你後面走。
他　走　（在）你（之後）

406 You walk before and I will follow after.
你　走　在前　而 我 將　跟隨　在後
＝你走在前，我將在後跟著。

句子說明

401 本句的before（在……之前）後面接子句（you decide），before叫做連接詞，更明確地說，before 是從屬連接詞，它所帶的子句 before you decide 叫做從屬子句，這個從屬子句在本句中的用途是形容主要子句（Think well）的動詞 Think，是副詞功能，所以 before you decide 又叫做副詞子句。

402 本句的 before 後面接名詞系列（代名詞 you 也是名詞系列之一）當受詞，此時的 before 叫做介詞，也譯成「在……之前」。before you 是介詞片語，這個介詞片語也是副詞功能，形容動詞 walk。

說•寫

至少背10次，背熟後，再寫寫看。說說看！下列的話英語怎麼說，

中翻英測驗

401 決定前好好考慮。

402 我在你前面走。

403 我以前未曾遇見過他。

404 他走後我們就吃飯。

405 他在你後面走。

406 你走在前，我將在後跟著。

聽

MP3-120

聽聽看！把聽到的英語句子對應的編號填入括弧中。

聽力測驗

(1) (　　) (2) (　　) (3) (　　) (4) (　　)

(5) (　　) (6) (　　)

解答：(1) 406 (2) 404 (3) 401 (4) 403 (5) 405 (6) 402

本測驗也可由同學當考官，唸英語給其它同學聽，不但可以練習唸英語，而且很有趣，效果加倍。

403 本句的 before 沒有接子句，也沒有接受詞，此時這個孤獨的 before 叫做副詞，譯成「以前或之前」，它是形容動詞 met。met 是 meet 的過去式。同樣是一個字 before，有各種不同詞性、不同用途、甚至不同意思，是作者列出這些句型的原因。

404 本句的 after（在……之後）接子句 he goes，after 叫做連接詞，更明確地說，after 是從屬連接詞。

405 本句的 after 後面接代名詞 you 當受詞，after 叫做介詞。

406 本句的 after 沒接子句，也沒有接受詞，after 是副詞，譯成「在後」。

讀

MP3-121

每讀完一次，就將下列白點塗黑一個，留下用功的記錄●●●●●●●●●●
讀讀看！會讀後，多讀多唸、讀熟讀透，讀到可以脫口而出。

要進入新的主題囉！▶ when 可當疑問詞、連接詞、介詞

407 **When can you come?** ＝你何時能來？
何時 能 你 來

408 **I call my friend when I get to the airport.**
我去電我的 朋友 當 我 到達 那 機場
＝當我抵達機場，我打電話給我的朋友。

409 **It is necessary to fasten your seat belt when driving.**
它是 必要的 去 繫 你的 座位 帶子 當 駕駛
＝當駕駛的時候，繫好你的安全帶是必要的。

要進入新的主題囉！▶ around 可當介詞、副詞

410 **I show him around the city.** ＝我帶他在城市四周看。
我 秀 他 （在）這城市（四周）

411 **I show him around.** ＝我帶他四處看。
我 秀 他 四處

句子說明

407 本句的 when 是疑問詞，譯成「何時」。
408 本句的 when 接子句，when 是從屬連接詞，譯成「當」。
409 本句的 when 後面接動名詞 driving 當受詞，when 是介詞，譯成「當」。另外，本句的 It

說說看！下列的話英語怎麼說，至少背10次，背熟後，再寫寫看。

中翻英測驗

407 你何時能來？

408 當我抵達機場，我打電話給我的朋友。

409 當駕駛的時候，繫好你的安全帶是必要的。

410 我帶他在城市四周看。

411 我帶他四處看。

MP3-122

聽聽看！把聽到的英語句子對應的編號填入括弧中。

聽力測驗

（1）（　　）（2）（　　）（3）（　　）（4）（　　）

（5）（　　）

解答：（1）408（2）411（3）410（4）407（5）409

本測驗也可由同學當考官，唸英語給其它同學聽，不但可以練習唸英語，而且很有趣，效果加倍。

是虛主詞，真主詞是不定詞片語 to fasten your seat belt。

410 本句中的 around 是介詞，後面接受詞 the city，around 譯成「在……四周」。

411 本句中的 around 沒接受詞，是副詞，譯成「四處」。

There is a will, there is a way.
有志者事竟成。

～ **Proverb 諺語**

LEVEL 4

讀

MP3-123

每讀完一次，就將下列白點塗黑一個，留下用功的記錄●●●●●●●●●●
讀讀看！會讀後，多讀多唸、讀熟讀透，讀到可以脫口而出。

要進入新的主題囉！▶動詞 have

412 **I have a dog. =我有一隻狗。**
我 有 一 狗

413 **I have a sandwich for breakfast. =我早餐吃一個三明治。**
我 吃 一 三明治 做為 早餐

414 **Let's have a cup of tea. =我們喝杯茶吧。**
讓我們 喝 一 杯 的 茶

415 **You have a good character. =你的個性很好。**
你 有 一 好的 性格

416 **You have good manners. =你很有禮貌。**
你 有 好的 禮貌

417 **You have a heart. =你心地善良。**
你 有 一 心

418 **I have a fever. =我發燒。**
我 有 一 發燒

419 **I have a pain in my shoulder. =我肩膀痛。**
我 有 一 痛 在我的 肩膀

420 **I want to have a massage. =我想要按摩一下。**
我 想要 去 做 一個 按摩

421 **I want to have a talk with you. =我想要和你談一下。**
我 想要 去 進行 一談話 與 你

句子說明

414～423 (1) 動詞have系列(have、has、had)最平常的意思是「有、吃、喝、舉辦、進行、做」。
(2) 想要表達「個性好壞」、「有禮貌」、「心地善良」、身體「發燒、肩膀痛……」也可用have系列當動詞。

說・寫

至少背10次，背熟後，再寫寫看。說說看！下列的話英語怎麼說，

中翻英測驗

412 我有一隻狗。

413 我早餐吃一個三明治。

414 我們喝杯茶吧。

415 你的個性很好。

416 你很有禮貌。

417 你心地善良。

418 我發燒。

419 我肩膀痛。

420 我想要按摩一下。

421 我想要和你談一下。

聽

MP3-124

聽聽看！把聽到的編號填入括弧中。英語句子對應的

聽力測驗

(1) (　　) (2) (　　) (3) (　　) (4) (　　)

(5) (　　) (6) (　　) (7) (　　) (8) (　　)

(9) (　　) (10) (　　)

解答：(1) 414 (2) 418 (3) 412 (4) 421 (5) 415 (6) 420 (7) 417 (8) 419 (9) 416 (10) 413

本測驗也可由同學當考官，唸英語給其它同學聽，不但可以練習唸英語，而且很有趣，效果加倍。

(3) 若想表達「進行、做什麼」，譬如「按摩一下、談一下、休息一下」也可用 have 系列當動詞。

(4)「下雨」也可以用動詞 have 系列。

421 本句的 talk 若改成 chat，則意思變成「聊一下」。

讀

MP3-125

每讀完一次，就將下列白點塗黑一個，留下用功的記錄●●●●●●●●●●
讀讀看！會讀後，多讀多唸、讀熟讀透，讀到可以脫口而出。

要進入新的主題囉！▶動詞 have（續）

422 **I want to have a break.** =我想休息一下。
我 想要 去 做 一個 休息

423 **We have rain in May.** =我們這裡 5 月會下雨。
我們 有 雨 在 5月

要進入新的主題囉！▶ hurt 可當動詞、形容詞

424 **I hurt my back yesterday.** =我昨天傷了我的背。
我 傷了 我的 背 昨天

425 **I hurt his feelings.** =我傷了他的感情。
我 傷了 他的 感情

426 **My arm hurts.** =我的手臂痛。
我的 手臂 痛

427 **I get hurt.** =我受傷了。
我變得受傷的

要進入新的主題囉！▶所有格代名詞

428 **There are two watches. This is mine. That is yours.**
有 二只 手錶 這 是我的東東 那 是 你的東東

=有二只手錶。這只是我的。那只是你的。

句子說明

422 本句的 break 也可用 rest，意思相同。

424、425 這二個例句的主詞是人（I），動詞 hurt 是及物動詞，後面要接受詞，譯成「傷了」。

426 本句的主詞是身體的部位（arm），動詞 hurt 是不及物動詞，沒接受詞，譯成「痛」。

427 本句的主詞是人（I），動詞是 get。此處的 get 是連綴動詞，連綴動詞的特性是後面要接形容詞當補語，所以 hurt 是形容詞，譯成「受傷的」。

428 英語不喜歡重複，前面已經說是手錶了，後面就不再說 This is my watch.（這只是我的手錶），而是說 This is mine.（這是我的東東），其中 mine（我的東東）就是代表我的東西、

說說看！下列的話英語怎麼說，至少背10次，背熟後，再寫寫看。

中翻英測驗

422 我想休息一下。

423 我們這裡5月會下雨。

424 我昨天傷了我的背。

425 我傷了他的感情。

426 我的手臂痛。

427 我受傷了。

428 有二只手錶。這只是我的。那只是你的。

聽

MP3-126

聽聽看！把聽到的英語句子對應的編號填入括弧中。

聽力測驗

(1)(　　)(2)(　　)(3)(　　)(4)(　　)

(5)(　　)(6)(　　)(7)(　　)

解答：(1) 426 (2) 422 (3) 424 (4) 428 (5) 423 (6) 427 (7) 425

本測驗也可由同學當考官，唸英語給其它同學聽，不但可以練習唸英語，而且很有趣，效果加倍。

我的手錶。mine（我的東東）、yours（你的東東）……文法上叫做「所有格代名詞」。「所有格代名詞」名稱的來源是：（1）它們的意思是「我的、你的……」，英文文法叫做「所有格」。（2）它們不是實體名詞，而是「代名詞」，所以合起來叫做「所有格代名詞」。注意：代名詞也算是名詞，可以在一個句子中擔任主詞、受詞或補語。除「所有格代名詞」外，後面例句還介紹幾種代名詞，包括：反身代名詞、指示代名詞、不定代名詞、相互代名詞。

讀

MP3-127

每讀完一次，就將下列白點塗黑一個，留下用功的記錄●●●●●●●●●●●

讀讀看！會讀後，多讀多唸、讀熟讀透，讀到可以脫口而出。

要進入新的主題囉！▶反身代名詞

429 **Enjoy yourself.** ＝祝你玩得快樂。
享受　你自己

430 **Help yourself.** ＝請自己取用。＝請慢用。
幫助　你自己

431 **Make yourself at home.** ＝請自便。＝請不用拘束。
使　你自己　在　家

432 **Do it yourself.** ＝**D.I.Y.** ＝你親自做它。
做　它　你自己

433 **Do it by myself.** ＝我獨自做它。
做　它　靠　我自己

要進入新的主題囉！▶指示代名詞

434 **This is a book. That is a pen.** ＝這是一本書。那是一枝筆。
這　是一本　書　那　是一枝筆

句子說明

429～433 myself（我自己）、yourself（你自己）……文法上叫做「反身代名詞」。這個名稱的來源是（1）因為它們的意思「我自己、你自己……」有「反身」的含意。（2）它們是代名詞。要注意，代名詞也是名詞，可以當主詞、受詞或補語，但是反身代名詞通常只當受詞，譬如 Enjoy yourself. 反身代名詞 yourself 是當動詞 Enjoy 的受詞。Do it by myself. 反身代名詞 myself 是當介詞 by 的受詞。

434 this（這）、that（那）……文法上叫做「指示代名詞」。這個名稱的來源是（1）因為它們的意思「這、那……」有「指示」的含意。（2）它們是代名詞。注意：this、that……

說•寫

至少背10次，背熟後，再寫寫看。說說看！下列的話英語怎麼說，

中翻英測驗

429 祝你玩得快樂。

430 請自己取用。＝請慢用。

431 請自便。＝請不用拘束。

432 你親自做它。

433 我獨自做它。

434 這是一本書。那是一枝筆。

聽

MP3-128

號填入括弧中。英語句子對應的編聽聽看！把聽到的

聽力測驗

（1）（　　）（2）（　　）（3）（　　）（4）（　　）

（5）（　　）（6）（　　）

解答：（1）430（2）434（3）431（4）433（5）429（6）432

本測驗也可由同學當考官，唸英語給其它同學聽，不但可以練習唸英語，而且很有趣，效果加倍。

當形容詞，形容名詞的時候，this、that 則改稱為「指示形容詞」，譬如 this book 的 this 是形容名詞 book，叫做「指示形容詞」。文法上，形容「名詞」的叫做形容詞，形容詞另外一個功能是在 be 動詞、連綴動詞、不完全及物動詞……後面當補語。譬如：I am happy. You look happy. He makes me happy. 形容詞 happy（快樂的）在 be 動詞 am、連綴動詞 look（看起來）、不完全及物動詞 make（使）後面當補語。※ 不完全及物動詞的特性是：因為它是及物動詞，所以有受詞；它後面必須有補語，意思才完全，人家才聽得懂，否則意思就不完全，人家聽不懂。

讀

MP3-129

每讀完一次，就將下列白點塗黑一個，留下用功的記錄●●●●●●●●●●
讀讀看！會讀後，多讀多唸、讀熟讀透，讀到可以脫口而出。

要進入新的主題囉！▶不定代名詞

435 **I have two watches. One is red and the other is black.**
我 有 二只 手錶 一 是紅的 而 那 其他 是 黑的

＝我有二只手錶。一只是紅的，而另一只是黑的。

436 **One of the boys is Tom.** ＝這些男孩們之中有一位是湯姆。
一位 於 這些 男孩們中 是 湯姆

要進入新的主題囉！▶相互代名詞

437 **Tom and Mary love each other.** ＝湯姆和瑪莉彼此相愛。
湯姆 和 瑪莉 愛 互相；彼此

要進入新的主題囉！▶形容詞比較級（比較……的；更……的）

438 **Tom is tall.** ＝湯姆很高。
湯姆 是 高的

439 **Tom is taller.** ＝湯姆比較高。
湯姆 是 較高的

句子說明

435 one、the other……這些字叫做「不定代名詞」。本句是不定代名詞的表達方式之一，要先說出講的是「手錶」，讓人家知道不定代名詞 one、the other 代表的是「錶」。

436 本句是不定代名詞的另外一種表達方式，是利用介詞 of 所帶的介詞片語（譬如本句的 of the boys），讓人家知道不定代名詞 one 代表的是「男孩」。

※不定代名詞有很多，包含 some、most、all……。「不定代名詞」名稱來源是：（1）它們的意思很「不定」，必須另外說明（譬如說明是錶或男孩）人家才知道他們代表的是什麼。（2）它們是代名詞，可以在句中當主詞、受詞或補語。但是 one、some、most、all……若是當形容詞，形容名詞的時候，則改稱為「不定形容詞」，譬如 one book、some books……，此時的 one、some 是形容名詞 book 或 books，所以叫做「不

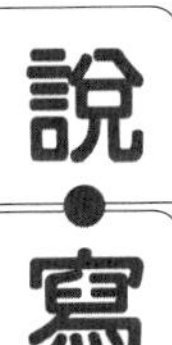

至少背10次，背熟後，再寫寫看。說說看！下列的話英語怎麼說，

中翻英測驗

435 我有二只手錶。一只是紅的，而另一只是黑的。

436 這些男孩們之中有一位是湯姆。

437 湯姆和瑪莉彼此相愛。

438 湯姆很高。

439 湯姆比較高。

MP3-130

號填入括弧中。英語句子對應的編聽聽看！把聽到的

聽力測驗

（1）（　　）（2）（　　）（3）（　　）（4）（　　）

（5）（　　）

解答：（1）437（2）439（3）436（4）438（5）435

本測驗也可由同學當考官，唸英語給其它同學聽，不但可以練習唸英語，而且很有趣，效果加倍。

定形容詞」。

437 each other 在文法上叫做「相互代名詞」這個名稱的來源是（1）each other（互相、彼此）有「相互」的含意。（2）each other 是代名詞。要注意，each other 雖然有名詞功能，但大都只擔任受詞（譬如在本句中 each other 是當動詞 love 的受詞）。

438～441 本句的句型是談形容詞的比較級，「比較……的」或「更……的」。談形容詞比較級，先談形容詞比較級「字的樣子」。taller 是形容詞 tall 的比較級。tall [tɔl] 只有一個母音 [ɔ]，是單音節，單音節的形容詞的比較級一般是字尾變 er。比較級是用在二人或二者比較。若有必要，才加上 than（比）或類似 of the two（二人之中）表達二人、二者的介詞片語。

讀

MP3-131

每讀完一次，就將下列白點塗黑一個，留下用功的記錄●●●●●●●●●●●
讀讀看！會讀後，多讀多唸、讀熟讀透，讀到可以脫口而出。

要進入新的主題囉！▶形容詞比較級（比較……的；更……的）（續）

440 **Tom is taller than John.** ＝湯姆比約翰高。
湯姆 是 較高的 比 約翰

441 **Tom is the taller of the two.** ＝湯姆是二人之中較高的。
湯姆 是 這 較高的 於 這 二人之中

442 **Jill is more beautiful than Meg.** ＝吉兒比梅格更美麗。
吉兒是 較 美麗的 比 梅格

443 **Jill is much more beautiful than Meg.**
吉兒是 多地 較 美麗的 比 梅格
＝吉兒比梅格美麗得多。

444 **Jill is a little more beautiful than Meg.**
吉兒是 有一點 較 美麗的 比 梅格
＝吉兒比梅格美麗一點。

445 **Meg is less beautiful than Jill.**
梅格 是較少 美麗的 比 吉兒
＝梅格比吉兒較不美麗。＝梅格沒有吉兒美麗。

446 **The bridge is long.** ＝這座橋很長。
這座 橋 是 長的

447 **The bridge is longer than that one.** ＝這座橋比那座長。
這座 橋 是 較長的 比 那 一座

句子說明

442 beautiful [ˋbjutəfəl] 有 [bju]、[tə]、[fə] 三個音節。按英文文法，二個音節以上的形容詞的比較級大都是前面加副詞 more，more 意思是「比較」或「更」。

443、444 形容詞比較級前面還可以加副詞，譬如 much（多地）、a little（有一點）、even（甚至）……，表達更多意思。

說・寫

至少背10次，背熟後，再寫寫看。說說看！下列的話英語怎麼說，

中翻英測驗

440 湯姆比約翰高。

441 湯姆是二人之中較高的。

442 吉兒比梅格更美麗。

443 吉兒比梅格美麗得多。

444 吉兒比梅格美麗一點。

445 梅格比吉兒較不美麗＝梅格沒有吉兒美麗。

446 這座橋很長。

447 這座橋比那座長。

聽

MP3-132

號填入括弧中。英語句子對應的編聽聽看！把聽到的

聽力測驗

(1)（　　）(2)（　　）(3)（　　）(4)（　　）

(5)（　　）(6)（　　）(7)（　　）(8)（　　）

解答：(1) 441 (2) 444 (3) 446 (4) 443 (5) 447 (6) 440 (7) 445 (8) 442

本測驗也可由同學當考官，唸英語給其它同學聽，不但可以練習唸英語，而且很有趣，效果加倍。

445 形容詞比較級若不用 more，而改用 less，則意思是「較不；較沒」，意思和 more 相左。

讀

MP3-133

每讀完一次，就將下列白點塗黑一個，留下用功的記錄●●●●●●●●●●
讀讀看！會讀後，多讀多唸、讀熟讀透，讀到可以脫口而出。

要進入新的主題囉！▶形容詞比較級（比較……的；更……的）（續）

448 **The bridge is two hundred meters longer than that one.**
這座 橋 是 二百 公尺 較長的 比 那 一座
＝這座橋比那座長二百公尺。

449 **The bridge is two times longer than that one.**
這座 橋 是 二 倍 較長的 比 那 一座
＝這座橋比那座長二倍。

要進入新的主題囉！▶形容詞比較級的加強語氣（愈來愈……）

450 **The sky gets dark.** ＝天空變暗。
這 天空 變得 暗的

451 **The sky gets darker and darker.** ＝天空變得愈來愈暗。
這 天空 變得 較暗的 和 較暗的

452 **The girl becomes more and more beautiful.**
這 女孩 變得 較 和 較 美麗的
＝這女孩變得愈來愈美麗。

453 **The sky is getting darker and darker.**
這 天空 漸漸變得 較暗的 和 較暗的
＝天空漸漸變得愈來愈暗。

句子說明

448、449 比較級（譬如本句的 longer）前面也可再加「二百公尺」、「二倍」……等字詞，表達不同情境。

450、452 gets 和 becomes 在句中都是連綴動詞，都譯成「變得」，後面接形容詞 dark（暗的）和 beautiful（美麗的）當補語。

說•寫

說說看！下列的話英語怎麼說，至少背10次，背熟後，再寫寫看。

中翻英測驗

448 這座橋比那座長二百公尺。

449 這座橋比那座長二倍。

450 天空變暗。

451 天空變得愈來愈暗。

452 這女孩變得愈來愈美麗。

453 天空漸漸變得愈來愈暗。

聽

MP3-134

聽聽看！把聽到的英語句子對應的編號填入括弧中。

聽力測驗

(1) (　　) (2) (　　) (3) (　　) (4) (　　)

(5) (　　) (6) (　　)

解答：(1) 452 (2) 449 (3) 448 (4) 451 (5) 453 (6) 450

本測驗也可由同學當考官，唸英語給其它同學聽，不但可以練習唸英語，而且很有趣，效果加倍。

451、452 二個比較級 er + er 或 more + more，可譯成「愈來愈……」。

453 get 和 become 的進行式（譬如 is getting 或 is becoming）常譯成「漸漸變得」較貼切。

讀

MP3-135

每讀完一次，就將下列白點塗黑一個，留下用功的記錄●●●●●●●●●●●讀讀看！會讀後，多讀多唸、讀熟讀透，讀到可以脫口而出。

要進入新的主題囉！▶形容詞的原級（像……一樣……）

454 **I am as tall as Tom.** ＝我像湯姆一樣高。
我 是 如此地高的 像 湯姆

要進入新的主題囉！▶形容詞最高級（最……）

455 **Tom is tall.** ＝湯姆很高。
湯姆 是 高的

456 **Tom is the tallest.** ＝湯姆是最高的。
湯姆 是 這 最高的

457 **Tom is the tallest in his class.** ＝湯姆是他的班裡最高的。
湯姆 是 這 最高的 在他的 班裡

458 **Tom is the tallest of the three.** ＝湯姆是三人之中最高的。
湯姆 是 這 最高的 於 這 三人之中

459 **Tom is the second tallest in his class.**
湯姆 是 這 第二 最高 在他的 班裡
＝湯姆是他的班裡第二高的。

460 **Mary is the most beautiful girl in her school.**
瑪莉 是 這 最 美麗的 女孩 在 她的 學校裡
＝瑪莉是她的學校裡最美麗的女孩。

句子說明

454 「像……一樣……」的句型，沒做比較，也沒有「最」，不是比較級，也不是最高級，文法上叫做「原級」，本句是屬於「形容詞的原級」。要注意，句中用了兩個 as，第一個 as 譯成「如此地」，第二個 as 譯成「像」。

458 本句的句型是談形容詞的最高級「最……的」。（1）談形容詞最高級，先談最高級「字的樣子」，tallest 是形容詞 tall 的最高級。tall 是單音節，單音節形容詞的最高級一般是字尾變 est。（2）形容詞最高級前面常加定冠詞 the，是英文習慣。（3）形容詞最高級

說・寫

至少背10次，背熟後，再寫寫看。說說看！下列的話英語怎麼說，

中翻英測驗

454 我像湯姆一樣高。

455 湯姆很高。

456 湯姆是最高的。

457 湯姆是他的班裡最高的。

458 湯姆是三人之中最高的。

459 湯姆是他的班裡第二高的。

460 瑪莉是她的學校裡最美麗的女孩。

聽

MP3-136

號填入括弧中。英語句子對應的編聽聽看！把聽到的

聽力測驗

(1) (　　) (2) (　　) (3) (　　) (4) (　　)

(5) (　　) (6) (　　) (7) (　　)

解答：(1) 459 (2) 458 (3) 460 (4) 455 (5) 457 (6) 454 (7) 456

本測驗也可由同學當考官，唸英語給其它同學聽，不但可以練習唸英語，而且很有趣，效果加倍。

（最……）是用於三人或三者以上，所以句中常會加上介詞片語，譬如 in his class（在他班裡）、of the three（於三人之中）、of all（於所有之中）……，都只是要襯托出有三人或三者以上的情境。

459 最高級（譬如本句的 tallest）的前面也可以加上序數（第一、第二……）。

460 beautiful 有三個音節，按英文文法，二個音節以上的形容詞的最高級大都是在前面加副詞 most，most 意思是「最」。

讀

MP3-137

每讀完一次，就將下列白點塗黑一個，留下用功的記錄●●●●●●●●●●
讀讀看！會讀後，多讀多唸、讀熟讀透，讀到可以脫口而出。

要進入新的主題囉！▶形容詞最高級（最……）（續）

461 **Mary is one of the most beautiful girls in her school.**
瑪莉 是 一 於這些 最 美麗的 女孩中在 她的 學校裡

＝瑪莉是她的學校裡最美麗的女孩之一。

462 **It is the least useful tool of all.**
它是 這 最 沒有用的工具 於所有之中

＝它是所有之中最沒有用的工具。

要進入新的主題囉！▶副詞比較級（比較……地；更……地）

463 **I run. → I run fast. ＝我跑很快。**
我 跑 我 跑 快地

464 **I run faster. ＝我跑得較快。**
我 跑 較快地

465 **I run faster than you. ＝我跑得比你快。**
我 跑 較快地 比 你

466 **I run much faster than you. ＝我跑得比你快多了。**
我 跑 多地 較快地 比 你

467 **I run faster and faster. ＝我跑得愈來愈快。**
我 跑 較快地 和 較快地

句子說明

461 若要表示「最……之一」，只要推出不定代名詞 one（一）再加上介詞 of（屬於……的）。

462 形容詞最高級若不用 most，而改用 least，則意思是「最不；最沒」，意思和 most 相左。

463 副詞主要是用來形容「動詞、形容詞、其他副詞」，其中以形容「動詞」最多，例如本句的 fast（快地）就是形容動詞 run（跑）。依英文文法，只有形容詞和副詞有「比較級」和「最高級」。464～470 就是解說副詞的比較級和最高級。

說・寫

至少背10次，背熟後，再寫寫看。說說看！下列的話英語怎麼說，

中翻英測驗

461 瑪莉是她的學校裡最美麗的女孩之一。

462 它是所有之中最沒有用的工具。

463 我跑。→我跑很快。

464 我跑得較快。

465 我跑得比你快。

466 我跑得比你快多了。

467 我跑得愈來愈快。

聽

MP3-138

號填入括弧中。英語句子對應的編聽聽看！把聽到的

聽力測驗

（1）（　　）（2）（　　）（3）（　　）（4）（　　）

（5）（　　）（6）（　　）（7）（　　）

解答：（1）463（2）466（3）461（4）465（5）467（6）464（7）462

本測驗也可由同學當考官，唸英語給其它同學聽，不但可以練習唸英語，而且很有趣，效果加倍。

465 faster 是副詞 fast 的比較級。fast [fæst] 只有一個母音 [æ]，是單音節。單音節的副詞的比較級一般是字尾變 er。

466 副詞比較級前面還可以加副詞，譬如 much（多地）、a little（有一點）……，表達更多意思。

467 副詞比較級也可以用二個「er 尾＋ er 尾」或「more ＋ more」來表達「愈來愈……」。

讀

MP3-139

每讀完一次，就將下列白點塗黑一個，留下用功的記錄●●●●●●●●●●
讀讀看！會讀後，多讀多唸、讀熟讀透，讀到可以脫口而出。

要進入新的主題囉！▶副詞原級（像……一樣……）

468 **I run as fast as Tom. ＝我像湯姆跑一樣快。**
我 跑 如此地快地 像 湯姆

要進入新的主題囉！▶副詞最高級（最……地）

469 **I run. → I run (the) fastest. ＝我跑得最快。**
我 跑 我 跑 最快地

470 **I run (the) fastest in our class. ＝我在我們班裡跑最快。**
我 跑 最快地 在 我們 班裡

要進入新的主題囉！▶連綴動詞

471 **How do you feel today? ＝你今天感覺如何？**
如何(助動詞)你 感覺 今天

472 **I feel good. ＝我感覺很好。**
我感覺 好的

473 **How does Tom look? ＝湯姆看起來如何？**
如何（助動詞）湯姆 看起來

474 **He looks sad. ＝他看起來很傷心。**
他 看起來傷心的

句子說明

468 「像……一樣……」叫做原級。形容詞有原級，副詞也有原級。

470 fastest 是副詞 fast 的最高級。要注意，形容詞的最高級前面要加定冠詞 the，但副詞的最高級前面可以不加 the，所以作者將 the 用括弧括起來。

474 look（看起來）、taste（嚐起來）、smell（聞起來）、sound（聽起來）、feel（感覺）、

說・寫

至少背10次，背熟後，再寫寫看。說說看！下列的話英語怎麼說，

中翻英測驗

468 我像湯姆跑一樣快。

469 我跑。→我跑得最快。

470 我在我們班裡跑最快。

471 你今天感覺如何？

472 我感覺很好。

473 湯姆看起來如何？

474 他看起來很傷心。

聽

MP3-140

號填入括弧中。英語句子對應的編聽聽看！把聽到的

聽力測驗

(1) (　　) (2) (　　) (3) (　　) (4) (　　)

(5) (　　) (6) (　　) (7) (　　)

解答：(1) 474 (2) 473 (3) 468 (4) 471 (5) 470 (6) 472 (7) 469

本測驗也可由同學當考官，唸英語給其它同學聽，不但可以練習唸英語，而且很有趣，效果加倍。

get（變得）、become（變成）……這些動詞譯成括弧內的中文意思時，文法上特別稱為連綴動詞。連綴動詞的特性是，後面要接形容詞當補語。譬如例句中，feel（感覺）後面接的 good（好的）；looks（看起來）後面接的 sad（傷心的）。註：例句中的 do 和 does 是助動詞沒意思。

讀

MP3-141

每讀完一次，就將下列白點塗黑一個，留下用功的記錄●●●●●●●●●●
讀讀看！會讀後，多讀多唸、讀熟讀透，讀到可以脫口而出。

| 要進入新的主題囉！▶連綴動詞＋介詞 like（像）|

475 **What does the man look like?** ＝那個男子看起來像什麼？
什麼（助動詞）那　男子 看起來 像

476 **He looks like my teacher.** ＝他看起來像我的老師。
他 看起來　像　我的　老師

| 要進入新的主題囉！▶使役動詞 |

477 **Let us (to 省略) go. = Let's go.** ＝我們走吧。
讓 我們　　　　走

Let him go. ＝讓他走吧。
讓　他　走

478 **Mom makes me (to 省略) mop the floor.**
媽媽　叫　我　　　　拖　這　地板

= Mom makes me mop the floor. ＝媽媽叫我拖地板。

479 **Tom makes me happy.** ＝湯姆使我快樂。
湯姆　使　我　快樂的

480 **Dad makes me a good boy.** ＝爸爸使我成為一位好男孩。
爸爸　使　我 一 好的 男孩

句子說明

476 連綴動詞後面也可加介詞 like（像），用來表達「看起來像……；嚐起來像……」等意思。

477 let（讓）、make（使、叫）、have（使、叫）譯成括弧內的中文意思時，文法上稱為使役動詞，也就是「讓人家或叫人家」做什麼的動詞。使役動詞的特性是它後面接另一個動詞時，本來要接的不定詞 to 要省略。譬如 Let us to go. 的 to 要省略，寫成 Let us go. ＝ Let's go.。注意：Let's go. 的句型也是「命令句、祈使句」的一種。

478 make 在此句中是當「使役動詞」譯成「使或叫」。因為 make 是使役動詞，所以後面動

寫

說說看！下列的話英語怎麼說，至少背10次，背熟後，再寫寫看。

中翻英測驗

475 那個男子看起來像什麼？

476 他看起來像我的老師。

477 我們走吧。/ 讓他走吧。

478 媽媽叫我拖地板。

479 湯姆使我快樂。

480 爸爸使我成為一位好男孩。

聽

MP3-142

聽聽看！把聽到的英語句子對應的編號填入括弧中。

聽力測驗

（1）（　　）（2）（　　）（3）（　　）（4）（　　）

（5）（　　）（6）（　　）

解答：（1）479（2）478（3）476（4）480（5）477（6）475

本測驗也可由同學當考官，唸英語給其它同學聽，不但可以練習唸英語，而且很有趣，效果加倍。

詞 mop（拖）的前面本來要有的不定詞 to 省略掉了。

479 使役動詞 make 後面也可以接形容詞（譬如本句中的 happy）當補語，表達另一種意思。

480 使役動詞 make 後面也可以接名詞區（譬如本句中的 a good boy）當補語，又可表達出不同的意思。註：boy（男孩）是名詞，a good boy 作者將之稱為「名詞區」，視同名詞看待。

讀

MP3-143

每讀完一次，就將下列白點塗黑一個，留下用功的記錄●●●●●●●●●●●
讀讀看！會讀後，多讀多唸、讀熟讀透，讀到可以脫口而出。

要進入新的主題囉！▶使役動詞（續）

481 Mom has me (to 省略) clean the room.
媽媽 叫 我 清潔 這 房間

= Mom has me clean the room. ＝媽媽叫我清潔房間。

482 I have my hair cut. ＝我剪頭髮。
我 使 我的 頭髮 被剪

483 I have my car repaired. ＝我去修車。
我 使 我的汽車 被修理

484 I have my car washed. ＝我去洗車。
我 使 我的汽車 被洗

要進入新的主題囉！▶感官動詞

485 I see a dog (to 省略) run. =I see a dog run.
我看見一隻 狗 跑

＝我看見一隻狗跑。

486 I see a dog running. ＝我看見一隻狗在跑。
我看見一隻 狗 在跑

句子說明

481 本句中的 have 系列的 has 也是使役動詞，譯成「使或叫」，所以後面動詞 clean（清潔）前面本來要加的不定詞 to 省略了。

482～484 使役動詞 have 系列後面也可以接過去分詞當補語，句中的 cut、repaired、washed 是過去分詞。過去分詞獨立時可看成形容詞（……的），而且過去分詞可以用在完成式和被動式，所以有「已」、「被」的味道。頭髮需要「被剪」、車要「被修」、車要「被洗」，所以用過去分詞當補語。

485～489 「看、聽、感覺……」等動詞文法上稱做「感官動詞」。感官動詞後面若再接另一個動詞時，有三種接法：第一種是後面動詞前面的不定詞 to 省略如 485 I see a

說·寫

至少背10次，背熟後，再寫寫看。說說看！下列的話英語怎麼說，

中翻英測驗

481 媽媽叫我清潔房間。

482 我剪頭髮。

483 我去修車。

484 我去洗車。

485 我看見一隻狗跑。

486 我看見一隻狗在跑。

聽

MP3-144

號填入括弧中。英語句子對應的編聽聽看！把聽到的

聽力測驗

（1）（　　）（2）（　　）（3）（　　）（4）（　　）

（5）（　　）（6）（　　）

解答：（1）483（2）486（3）481（4）485（5）482（6）484

本測驗也可由同學當考官，唸英語給其它同學聽，不但可以練習唸英語，而且很有趣，效果加倍。

dog (to 省略) run.；第二種是後面動詞變 Ving（現在分詞），如 486 I see a dog running. 的 running；第三種是後面動詞變過去分詞，如 487 I see Tom punished by his father. 的 punished。現在分詞常用在進行式（be 動詞＋現在分詞），所以 running 有「正在跑」的味道。過去分詞常用在被動式（be 動詞＋過去分詞），所以 punished 有「被處罰」的味道。最常見的感官動詞有：see（看）、watch（看、觀賞）、look at（看；注視）、hear（聽）、listen to（聽）、feel（感覺）、notice（注意）、smell（聞）。

讀

MP3-145

每讀完一次，就將下列白點塗黑一個，留下用功的記錄●●●●●●●●●●
讀讀看！會讀後，多讀多唸、讀熟讀透，讀到可以脫口而出。

要進入新的主題囉！▶感官動詞（續）

487 I see Tom punished by his father.
我看見 湯姆 被處罰 被 他的 爸爸

＝我看見湯姆被他爸爸處罰。

488 We can hear waves (to 省略) hit rocks.
我們 能 聽到 波浪 打擊 岩石

＝ **We can hear waves hit rocks.**
我們 能 聽到 波浪 打擊 岩石

＝我們能聽到波浪拍打岩石。

489 We can hear waves hitting rocks.
我們 能 聽到 波浪 在打擊 岩石

＝我們能聽到波浪在拍打岩石。

要進入新的主題囉！▶個性動詞①

490 I love to play basketball. ＝我喜愛打籃球。
我 喜愛 去 打 籃球

491 I love playing basketball. ＝我喜愛打籃球（這件事）。
我 喜愛 打 籃球

490、491 當動詞後面接另一個動詞時，後面的動詞前面可以加不定詞 to（以 to V 表示），譬如 490 的 to play basketball，這是正常情形；但是，有些動詞後面接另一個動詞時，後面的動詞可以前面加不定詞 to，也可以變成動名詞（Ving），譬如 491 的

說•寫

至少背10次，背熟後，再寫寫看。說說看！下列的話英語怎麼說，

中翻英測驗

487 我看見湯姆被他爸爸處罰。

488 我們能聽到波浪拍打岩石。

489 我們能聽到波浪在拍打岩石。

490 我喜愛打籃球。

491 我喜愛打籃球（這件事）。

聽

MP3-146

聽聽看！把聽到的英語句子對應的編號填入括弧中。

聽力測驗

（1）（　　）（2）（　　）（3）（　　）（4）（　　）

（5）（　　）

解答：（1）488（2）490（3）489（4）491（5）487

本測驗也可由同學當考官，唸英語給其它同學聽，不但可以練習唸英語，而且很有趣，效果加倍。

playing，意思稍不同。這些動詞作者給它們取名為「個性動詞①」。最常見的個性動詞①有：love（喜愛）、like（喜歡）、hate（討厭）、begin（開始）、start（開始）。

MP3-147

每讀完一次，就將下列白點塗黑一個，留下用功的記錄●●●●●●●●●●●●●
讀讀看！會讀後，多讀多唸、讀熟讀透，讀到可以脫口而出。

要進入新的主題囉！▶個性動詞②

492 I forgot to eat dinner. ＝我忘記吃晚餐。（還沒吃）
我 忘記 去 吃 晚餐

493 I forgot eating dinner.
我 忘記 吃 晚餐

＝我忘記吃晚餐（這件事）。（已吃過）

要進入新的主題囉！▶個性動詞③

494 I practice playing basketball. ＝我練習打籃球。
我 練習 打 籃球

495 I spend two hours playing basketball.
我 花 2 小時 打 籃球

＝我花 2 小時打籃球。

496 I have a good time playing basketball.
我 有 一 好的 時光 打 籃球
（＝玩得很快樂）

＝我打籃球打得很快樂。

句子說明

492、493 有些動詞後面接另一個動詞時，後面的動詞前面可以加不定詞 to（以 to V 表示），譬如 492 I forgot to eat dinner. 的 to eat dinner，也可以變成動名詞（以 Ving 表示），譬如 493 I forgot eating dinner. 的 eating dinner。但兩種接法意思差很多。這些動詞作者給它們取名為「個性動詞②」。最常見的個性動詞②有：stop（停止）、forget（忘記）、remember（記得）。當它們後面接不定詞（片語）to V 時，表示

至少背10次，背熟後，再寫寫看。說說看！下列的話英語怎麼說，

中翻英測驗

492 我忘記吃晚餐。（還沒吃）

493 我忘記吃晚餐（這件事）。（已吃過）

494 我練習打籃球。

495 我花 2 小時打籃球。

496 我打籃球打得很快樂。

MP3-148

聽聽看！把聽到的英語句子對應的編號填入括弧中。

聽力測驗

（1）（　　）（2）（　　）（3）（　　）（4）（　　）

（5）（　　）

解答：（1）494（2）496（3）492（4）495（5）493

本測驗也可由同學當考官，唸英語給其它同學聽，不但可以練習唸英語，而且很有趣，效果加倍。

後面的動詞（動作）還沒做；當他們後面接動名詞（片語）Ving 時，表示後面的動詞（動作）已做了。

494～496 有些動詞後面接另一個動詞時，後面的動詞只能改成 Ving（現在分詞或動名詞）譬如三句中的 playing。這些動詞有很多（譬如本三句的 practice、spend、have a good time），作者給它們取名為「個性動詞③」。

讀
MP3-149

每讀完一次，就將下列白點塗黑一個，留下用功的記錄●●●●●●●●●●
讀讀看！會讀後，多讀多唸、讀熟讀透，讀到可以脫口而出。

要進入新的主題囉！▶主要子句加上副詞子句

497 **He cries.** ＝他哭。
他　哭

498 **He cries when he is sad. (=when he is sad, he cries.)**
他　哭　當　他 是傷心的
＝當他傷心的時候，他哭。

499 **He cried.** ＝他（先前）哭了。
他　哭

500 **He cried when the cat died.** ＝當貓死的時候，他哭了。
他　哭　當　那隻 貓　死

501 **I will play basketball when I have time tomorrow.**
我 將　打　籃球　當　我　有　時間　明天
＝當我明天有時間的時候，我將去打籃球。

502 **I brush my teeth before I go to bed.** ＝我就寢前會先刷牙。
我　刷　我的　牙　（在）我就寢（之前）

503 **I turned off the computer before I went to bed.**
我　關掉　那　電腦　（在）我就寢（之前）
＝我就寢前先關了電腦。

句子說明

497 cries是將cry的y改i再加es，是主詞第三人稱單數（如本句的He）用的現在簡單式動詞。

498 本句是主要子句，再加上從屬連接詞 when 帶的從屬子句 when he is sad 而成的。這個從屬子句是為了襯托本來的句子（也就是主要子句）He cries. 的動詞 cries 的時空背景或時間點，使聽話的人更清楚、了解，是副詞功能，所以 when he is sad 又可稱為副詞子句。要注意：主要子句和副詞子句的動詞的時空，在文法上是有搭配規則的：第一種搭配規則是：主要子句的動詞若是現在時空時，副詞子句的動詞也要是現在時空。譬如本句的 cries 搭配 is 都是現在時空。

499 cried 是將 cry 的 y 改 i 再加 ed，是過去簡單式的動詞。

500 本句是主要子句，再加上副詞子句 when the cat died，用來襯托主要子句 He cried 的動詞 cried 的過去時空背景。要注意，主要子句和副詞子句的動詞的時空，在文法上是有搭

說‧寫

至少背10次，背熟後，再寫寫看。說說看！下列的話英語怎麼說，

中翻英測驗

497 他哭。

498 當他傷心的時候，他哭。

499 他（先前）哭了。

500 當貓死的時候，他哭了。

501 當我明天有時間的時候，我將去打籃球。

502 我就寢前會先刷牙。

503 我就寢前先關了電腦。

聽

MP3-150

號填入括弧中。英語句子對應的編聽聽看！把聽到的

聽力測驗

（1）（　　）（2）（　　）（3）（　　）（4）（　　）

（5）（　　）（6）（　　）（7）（　　）

解答：（1）500（2）502（3）499（4）501（5）497（6）503（7）498

本測驗也可由同學當考官，唸英語給其它同學聽，不但可以練習唸英語，而且很有趣，效果加倍。

配規則的：第二種搭配規則是：主要子句的動詞若是過去時空，副詞子句的動詞也是過去時空。譬如本句的 cried 搭配 died 都是過去時空。

501 本句是要介紹「主要子句動詞」和「副詞子句動詞」時空搭配的第三種規則：主要子句動詞是未來時空時，副詞子句也要是現在時空。譬如本句的主要子句動詞 will play 是未來時空，副詞子句的動詞 have 是現在時空。

502 本句介紹從屬連接詞 before（在……之前）帶的副詞子句 before I go to bed。注意，主要子句動詞 brush 和副詞子句動詞 go 都是現在時空，現在對現在，符合文法規則。

503 注意，主要子句動詞 turned off 和副詞子句動詞 went 都是過去時空，過去對過去，符合文法規則。

MP3-151

每讀完一次，就將下列白點塗黑一個，留下用功的記錄●●●●●●●●●●

讀讀看！會讀後，多讀多唸、讀熟讀透，讀到可以脫口而出。

要進入新的主題囉！▶主要子句加上副詞子句（續）

504 I will go swimming before I clean the room tomorrow.

我 將 去 游泳 （在）我 清潔 這 房間 明天（之前）

＝明天打掃房間前，我將去游泳。

505 I do my homework after I get home.

我 做 我的 家庭功課 （在）我回家（之後）

＝我回家後會做功課。

506 Tom can swim although he is only five years old.

湯姆 會 游泳 雖然 他 是 只 5歲

＝雖然湯姆只有 5 歲，他會游泳。

507 Tom is only five years old, but he can swim.

湯姆 是 只 5歲 但 他 會 游泳

＝湯姆只有 5 歲，但他會游泳。

508 I will get good grades if I study hard.

我 將 得到 好的 成績 假如我 研讀 努力地

＝假如我努力讀書，我將得到好成績。

句子說明

504 注意，主要子句動詞 will go 是未來時空，副詞子句動詞 clean 是現在時空，未來對現在，符合文法規則。

505 本句介紹從屬連接時 after（在……之後）帶的副詞子句。

506 本句介紹從屬連接詞 although（雖然）帶的副詞子句。注意，看到主要子句的助動詞 can 視同未來時空。另外，although 也可以用 though 取代。

507 本句採用對等連接詞 but，意思和 506 Tom can swim although he is only five years old. 採用從屬連接詞 although 意思相近。注意：英文文法規定，英文的 although（雖然）和

寫

至少背10次，背熟後，再寫寫看。說說看！下列的話英語怎麼說，

中翻英測驗

504 **明天打掃房間前，我將去游泳。**

505 **我回家後會做功課。**

506 **雖然湯姆只有 5 歲，他會游泳。**

507 **湯姆只有 5 歲，但他會游泳。**

508 **假如我努力讀書，我將得到好成績。**

聽

MP3-152

號填入括弧中。英語句子對應的編聽聽看！把聽到的

聽力測驗

（1）（　　）（2）（　　）（3）（　　）（4）（　　）

（5）（　　）

解答：（1）508（2）507（3）504（4）506（5）505

本測驗也可由同學當考官，唸英語給其它同學聽，不但可以練習唸英語，而且很有趣，效果加倍。

but（但是）不能同時在同一句子中出現。

508 本句介紹從屬連接詞 if（假如）帶的副詞子句 if I study hard，它的動詞 study 是現在時空，主要子句用的動詞 will get 是未來時空符合文法規則。一般而言，描述未來時空，常用助動詞 will（將）來表示，假如不用 will，也可以用 can、may（可能、可以）或 should（應該）等助動詞取代，都可以代表未來時空。另外，從屬連接詞 if（假如）帶的副詞子句意思是「假如……」，有談條件的味道，文法上又特別稱之為「條件子句」。

Rome was not built in a day.

羅馬不是一天造成的。

～ **Proverb 諺語**

LEVEL 5

讀

MP3-153

每讀完一次，就將下列白點塗黑一個，留下用功的記錄●●●●●●●●●●

讀讀看！會讀後，多讀多唸、讀熟讀透，讀到可以脫口而出。

要進入新的主題囉！▶動詞 get

509 **I get a gift from Mom. ＝我得到一個媽媽給的禮物。**
我得到一禮物　從　媽媽

510 **Can you get some water for me? ＝你可以幫我拿些水嗎？**
能　你　拿　一些　水　為　我

511 **I get the cake for Tom. ＝我買蛋糕給湯姆。**
我 買　這　蛋糕　給　湯姆

512 **Please get me a beer. ＝請（拿）給我啤酒。**
請　拿給 我 一 啤酒

513 **Can I get a discount on this? ＝這件我可以打折嗎？**
能　我得到一　折扣　(在)這(之上)

514 **I get him. ＝我了解他的意思。**
我了解　他

515 **I don't get what you mean. ＝我不了解你的意思。**
我　不　了解……的東西　你　意旨

516 **I got it. ＝我懂了。**
我了解它

517 **The problem gets me. ＝這問題把我難住了。**
這　問題　困惑　我

518 **The police got the thief. ＝那警察捉住了小偷。**
那　警察　捉住 這　賊

509～513 動詞 get 可用在很多生活英語，要善用。get 最常譯成「得到、拿或買」。

514～516 get 常譯成「得到」，若擴大解釋，可以用來表達「了解」（got 是 get 的過去式）。

說•寫

至少背10次，背熟後，再寫寫看。說說看！下列的話英語怎麼說，

中翻英測驗

509 我得到一個媽媽給的禮物。

510 你可以幫我拿些水嗎？

511 我買蛋糕給湯姆。

512 請（拿）給我啤酒。

513 這件我可以打折嗎？

514 我了解他的意思。

515 我不了解你的意思。

516 我懂了。

517 這問題把我難住了。

518 那警察捉住了小偷。

聽

MP3-154

號填入括弧中。英語句子對應的編聽聽看！把聽到的

聽力測驗

（1）（　　）（2）（　　）（3）（　　）（4）（　　）

（5）（　　）（6）（　　）（7）（　　）（8）（　　）

（9）（　　）（10）（　　）

解答：（1）511（2）514（3）517（4）510（5）516（6）513（7）515（8）512（9）518（10）509

本測驗也可由同學當考官，唸英語給其它同學聽，不但可以練習唸英語，而且很有趣，效果加倍。

517、518 get 常譯成「拿」，若擴大解釋，可用於「困惑誰、難住誰、捉住什麼」。

讀

MP3-155

每讀完一次，就將下列白點塗黑一個，留下用功的記錄●●●●●●●●●●

讀讀看！會讀後，多讀多唸、讀熟讀透，讀到可以脫口而出。

要進入新的主題囉！▶動詞 get（續）

519 **I get married. = I am married. ＝我結婚了。**
我　結婚的　我是　結婚的

520 **I get fat. ＝我變胖了。**
我變得 胖的

521 **My English is getting better. ＝我的英文漸漸變得更好了。**
我的　英語　漸漸變得　較好的

要進入新的主題囉！▶常見的三種問句

522 **Are you a doctor? ＝你是一位醫生嗎？**
是　你一位 醫生

簡答 **Yes, I am.**　**No, I am not.**
是的 我 是　不 我　不是

523 **Aren't you a doctor? ＝你不是一位醫生嗎？**
不是　你一位 醫生

簡答 **Yes, I am.**　**No, I am not.**
是的 我 是　不 我　不是

句子說明

519 get 後面接形容詞當補語時，get 是連綴動詞，有時候可看成 be 動詞系列（am、are、is……）。

520 get 後面接形容詞當補語時，get 是連綴動詞，最常譯成「變成」。

說•寫

說說看！下列的話英語怎麼說，至少背10次，背熟後，再寫寫看。

中翻英測驗

519 我結婚了。

520 我變胖了。

521 我的英文漸漸變得更好了。

522 你是一位醫生嗎？

簡答 是的，我是。/ 不，我不是。

523 你不是一位醫生嗎？

簡答 是的，我是。/ 不，我不是。

聽

MP3-156

聽聽看！把聽到的英語句子對應的編號填入括弧中。

聽力測驗

（1）（　　）（2）（　　）（3）（　　）（4）（　　）

（5）（　　）

解答：（1）523（2）519（3）522（4）521（5）520

本測驗也可由同學當考官，唸英語給其它同學聽，不但可以練習唸英語，而且很有趣，效果加倍。

521 be 動詞＋ getting（get 的現在分詞）變進行式，常譯成「漸漸變得」。

522 本句是「一般問句」。

523 本句是「否定問句」。※ 否定問句的答句和一般問句（Are you a doctor?）相同。

讀

MP3-157

每讀完一次，就將下列白點塗黑一個，留下用功的記錄●●●●●●●●●●
讀讀看！會讀後，多讀多唸、讀熟讀透，讀到可以脫口而出。

要進入新的主題囉！▶常見的三種問句（續）

524 **You are a doctor, aren't you?**
你 是 一 醫生 不是 你

＝你是一位醫生，不是嗎？＝你是一位醫生，對吧？

簡答 **Yes, I am.** **No, I am not.**
是的 我 是 不 我 不是

525 **You aren't a doctor, are you?**
你 不是 一位 醫生 是 你

＝你不是一位醫生，是嗎？＝你不是一位醫生，對吧？

簡答 **Yes, I am.** **No, I am not.**
是的 我 是 不 我 不是

526 **The movie is interesting, isn't it?**
那部 電影 是 有趣的 不是 它

＝那部電影很有趣，不是嗎？＝那部電影很有趣，對吧？

簡答 **Yes, it is.** **No, it isn't.**
對 很有趣 不 不有趣

句子說明

524、525 （1）此二句是「附加問句」，是敘述句講完再講的問句，像這兩句的 aren't you? 和 are you?，就是附加問句。附加問句的句型都用「簡答型」，意思是「是嗎？」、「不是嗎？」、「對吧？」。（2）附加問句前面的句子是主要句，主要句和附加問句的主詞是同一人或同一物，只是附加問句是簡答句，字很少，所以附加問句的主詞必須用「代名詞」，譬如 You、he、it、they……。（3）主要句和附加句的動詞要同一系統，譬如都是 be 動詞系統。（4）主要句和附和句意思要相反，主要句

說・寫

至少背10次，背熟後，再寫寫看。說說看！下列的話英語怎麼說，

中翻英測驗

524 你是一位醫生，不是嗎？＝你是一位醫生，對吧？

簡答 是的，我是。/ 不，我不是。

525 你不是一位醫生，是嗎？＝你不是一位醫生，對吧？

簡答 是的，我是。/ 不，我不是。

526 那部電影很有趣，不是嗎？＝那部電影很有趣，對吧？

簡答 對，很有趣。/ 不，不有趣。

聽

MP3-158

號填入括弧中。英語句子對應的編聽聽看！把聽到的

聽力測驗

（1）（　　）（2）（　　）（3）（　　）

解答：（1）526（2）524（3）525

本測驗也可由同學當考官，唸英語給其它同學聽，不但可以練習唸英語，而且很有趣，效果加倍。

若是肯定，附加問句就否定；主要句若是否定，附加問句就肯定。※ 附加問句的答句和一般問句（Are you a doctor?）相同。

526 主要句的主詞 The movie 在附加問句中則以代名詞 it 取代，it 就是 The movie，只因為附加問句是簡答型，字要少，而且英語不喜歡字重複，所以 The movie 用 it 取代。※ 答句和一般問句（Is the movie interesting? 那部電影有趣嗎？）的答句相同。

讀

MP3-159

每讀完一次，就將下列白點塗黑一個，留下用功的記錄●●●●●●●●●●
讀讀看！會讀後，多讀多唸、讀熟讀透，讀到可以脫口而出。

要進入新的主題囉！▶常見的三種問句（續）

527 **The boy likes you, doesn't he?**
那位 男孩 喜歡 你 不 他

＝那位男孩喜歡你，不是嗎？＝那位男孩喜歡你，對吧？

簡答 **Yes, he does. No, he doesn't.**
是的 他 是 不 他 沒有

528 **The pretty girl will come here, won't she?**
那位 漂亮的 女孩 將 來 這裡 將不 她

＝那位漂亮女孩將會來這裡，不是嗎？
＝那位漂亮女孩將會來這裡，對吧？

簡答 **Yes, she will. No, she won't.**
是的 她 會 不 她 不會

529 **There is nothing in the box, is there?**
有 沒東西 在 那盒子裡 有

＝那盒子裡沒有東西，是嗎？＝那盒子裡沒有東西，對吧？

530 **Please turn on the light, will you?** ＝請打開燈，好嗎？
請 打開 這 燈 將 你

531 **Let's go shopping, shall we?** ＝我們去採購吧，好嗎？
讓我們 去 採購 將 我們

句子說明

527 （1）The boy 到了附加問句改用代名詞 he 取代。（2）主要動詞 like（喜歡）是一般動詞，因為句中沒有助動詞，附加問句是簡答型，所以補上助動詞 do 系列的 doesn't。※ 答句和一般問句（Does the boy like you? 那位男孩喜歡你嗎？）的答句相同。

528 本句主要句有助動詞 will，附加問句就用 will 系列的否定 won't。※ 答句和一般問句（Will the pretty girl come here? 那位漂亮的女孩將會來這裡嗎？）的答句相同。

說‧寫

至少背10次，背熟後，再寫寫看。說說看！下列的話英語怎麼說，

中翻英測驗

527 那位男孩喜歡你，不是嗎？＝那位男孩喜歡你，對吧？

簡答 是的，他是。/ 不，他沒有。

528 那位漂亮女孩將會來這裡，不是嗎？

＝那位漂亮女孩將會來這裡，對吧？

簡答 是的，她會。/ 不，她不會。

529 那盒子裡沒有東西，是嗎？＝那盒子裡沒有東西，對吧？

530 請打開燈，好嗎？

531 我們去採購吧，好嗎？

聽

MP3-160

號填入括弧中。英語句子對應的編聽聽看！把聽到的

聽力測驗

（1）（　　）（2）（　　）（3）（　　）（4）（　　）

（5）（　　）

解答：（1）528（2）527（3）531（4）530（5）529

本測驗也可由同學當考官，唸英語給其它同學聽，不但可以練習唸英語，而且很有趣，效果加倍。

529 （1）本句主要句用 There is（有），附加問句用同系列的 is there 就好，不必加主詞。

（2）注意，本句的主要句中因為有 nothing（沒東西）代表否定，所以附加問句用肯定 is there? 而不是 isn't there?。

530、531 此二句都屬於「命令句、祈使句」，命令句、祈使句的附加問句可用 will you? 或 shall we?，都譯成「好嗎？」。

讀

MP3-161

每讀完一次，就將下列白點塗黑一個，留下用功的記錄●●●●●●●●●●
讀讀看！會讀後，多讀多唸、讀熟讀透，讀到可以脫口而出。

要進入新的主題囉！▶常見的二種附和句

532 Tom's dog is cute, and your dogs are, too.
湯姆的　狗　是可愛的　而　你的　狗　是　也
＝湯姆的狗很可愛，而你的狗也是。

533 Tom's dog is cute, and so are your dogs.
湯姆的　狗　是可愛的　而　也如此 是　你的　狗
＝湯姆的狗很可愛，而你的狗也是。

534 I ate some cookies, and Tom did, too.
我吃了　一些　餅乾　而　湯姆(助動詞) 也
＝我吃了一些餅乾，而湯姆也是。

535 I ate some cookies, and so did Tom.
我吃了　一些　餅乾　而　也如此(助動詞) 湯姆
＝我吃了一些餅乾，而湯姆也是。

句子說明

532 （1）「A如何，B也如何」是一種說話的口氣，後面的句子，譬如本句的 your dogs are, too.（你的狗也是。）是用來附和前句，文法上叫做「附和句」。（2）本例句是初階學的附和句句型，表達附和口氣「也」的副詞有 too 和 either 二種，肯定句用 too，否定句用 either。不論用 too 或 either 都放在句尾。

533 本句是用倒裝句方式表達的「附和句」，是高階學的附和句型。這種附和句是用「倒裝句」的句型，所以主詞在後面，譬如本句的附和句 so are your dogs，主詞 your dogs 放後面，而表達肯定附和口氣「也」的副詞 so 放前面。注意，大部分的附和句（A如何，B也如何），

說・寫

至少背10次，背熟後，再寫寫看。說說看！下列的話英語怎麼說，

中翻英測驗

532 湯姆的狗很可愛，而你的狗也是。

533 湯姆的狗很可愛，而你的狗也是。

534 我吃了一些餅乾，而湯姆也是。

535 我吃了一些餅乾，而湯姆也是。

聽

MP3-162

號填入括弧中。英語句子對應的編聽聽看！把聽到的

聽力測驗

（1）（　　）（2）（　　）（3）（　　）（4）（　　）

解答：（1）535（2）532（3）534（4）533

本測驗也可由同學當考官，唸英語給其它同學聽，不但可以練習唸英語，而且很有趣，效果加倍。

前句和後句主詞不同，但動詞系統相同，譬如本句前句的動詞是 be 動詞（is），後句的動詞也是 be 系統（are）。

534 （1）前句動詞是一般動詞 ate，後句若用簡答，則整個動詞的動作用助動詞 do 系列代替，而前句 ate 是過去式，所以 do 系列用過去式 did 代替。（2）本例句是初階學的附和句句型，句尾用 too（也）。

535 本句是高階學的「附和句」，因為是肯定口氣的附和，前面帶頭的副詞用 so，譯成「也」。

讀

MP3-163

每讀完一次，就將下列白點塗黑一個，留下用功的記錄●●●●●●●●●●
讀讀看！會讀後，多讀多唸、讀熟讀透，讀到可以脫口而出。

要進入新的主題囉！▶常見的二種附和句（續）

536 **Tom is not fat, and you are not, either.**
湯姆 不是 胖的 而 你 不是 也
＝湯姆不胖，而你也不。

537 **Tom is not fat, and neither are you.**
湯姆 不是 胖的 而 也不 是 你
＝湯姆不胖，而你也不。

538 **I can't dance, and Tom can't, either.**
我 不會 跳舞 而 湯姆 不會 也
＝我不會跳舞，而湯姆也不會。

539 **I can't dance, and neither can Tom.**
我 不會 跳舞 而 也不 會 湯姆
＝我不會跳舞，而湯姆也不會。

要進入新的主題囉！▶現在完成式

540 **I have lived in Taipei.** ＝我已經住在台北。
我 已經 住 在 台北

541 **He has lived in Taipei.** ＝他已經住在台北。
他 已經 住 在 台北

句子說明

536 本句是初階學的附和句，但因為是否定口氣的附和句，所以句尾的「也」要用 either，不能用 too。

537 本句是高階學的附和句，因為是否定口氣的附和句，所以表達否定附和口氣「也不」的副詞用 neither。要注意，neither（也不）已經有「否定」味道，所以附和句的動詞用肯定即可。※ 另外要知道，neither 也可改用 nor，意思同是「也不」。

說・寫

至少背10次，背熟後，再寫寫看。說說看！下列的話英語怎麼說，

中翻英測驗

536 湯姆不胖，而你也不。

537 湯姆不胖，而你也不。

538 我不會跳舞，而湯姆也不會。

539 我不會跳舞，而湯姆也不會。

540 我已經住在台北。

541 他已經住在台北。

聽

MP3-164

號填入括弧中。英語句子對應的編聽聽看！把聽到的

聽力測驗

（1）（　　）（2）（　　）（3）（　　）（4）（　　）

（5）（　　）（6）（　　）

解答：（1）537（2）540（3）536（4）539（5）541（6）538

本測驗也可由同學當考官，唸英語給其它同學聽，不但可以練習唸英語，而且很有趣，效果加倍。

540、541 （1）have 系列（have、has、had）＋ p.p. 過去分詞＝完成式，是動詞的動作方式之一，譯成「曾經、已經或一直」依實情而譯。have、has ＋ p.p. 過去分詞＝現在完成式，表示完成式的動作發生在現在時空。（2）I have 可縮寫 I've、He has 可縮寫 He's。

讀

MP3-165

每讀完一次，就將下列白點塗黑一個，留下用功的記錄●●●●●●●●●●
讀讀看！會讀後，多讀多唸、讀熟讀透，讀到可以脫口而出。

要進入新的主題囉！▶現在完成式（續）

542 I have lived in Taipei before. =我之前曾住在台北。
我 曾經住 在 台北 之前

543 I have lived in Taipei three times. =我曾住台北三次。
我 曾經住 在 台北 三 次

544 I have lived in Taipei many times. =我曾住在台北很多次。
我 曾經 住 在 台北 很多 次

545 I have never lived in Taipei. =我未曾住在台北。
我 曾經 未曾 住 在 台北

546 I have already lived in Taipei. =我已住在台北。
我 已經 已經 住 在 台北

547 I haven't lived in Taipei yet. =我尚未住過台北。
我 沒已經住 在 台北 到目前為止

548 I have lived in Taipei for two years since 2000.
我 已經住 在 台北 為時 2 年 自從 2000年

=我自從 2000 年起已住在台北 2 年。

句子說明

542～546 完成式是動作的方式之一。任何動作都有一個時間點或時空背景點，完成式的動作是以一個時間點或時空背景點為準，之前就開始，一直到那個時間或時空背景點為止。所以完成式有個開始點，動作也有個幅度。而因為動作是之前就開始，所以有「曾經」的意思，代表有過的「經驗」，因此常常會搭配和「經驗」有關的副詞，加強語意。譬如：之前（before）、three times（三次）、never（未曾）。要知道，副詞大都是插花、襯托性質，可用可不用，由說話的人決定。一般而言，副詞若拿掉，文法結構還是對的。但是若少了副詞而使聽話或看句子的人不清楚、不明白，則就要加上副詞。因為任何一句話畢竟都是講給人家聽的，以人家能懂為原則。

547 完成式的動作是「之前」就開始，做到那個時間點或時空背景點，可能已做了一些動作，所以也有「已經」的意思，代表「完成」一些事，因此常常也會搭配和「已經」有關的副

說●寫

至少背10次，背熟後，再寫寫看。說說看！下列的話英語怎麼說，

中翻英測驗

542 我之前曾住在台北。

543 我曾住台北三次。

544 我曾住在台北很多次。

545 我未曾住在台北。

546 我已住在台北。

547 我尚未住過台北。

548 我自從 2000 年起已住在台北 2 年。

聽

MP3-166

號填入括弧中。英語句子對應的編聽聽看！把聽到的

聽力測驗

(1) (　　) (2) (　　) (3) (　　) (4) (　　)

(5) (　　) (6) (　　) (7) (　　)

解答：(1) 548 (2) 547 (3) 545 (4) 543 (5) 546 (6) 544 (7) 542

本測驗也可由同學當考官，唸英語給其它同學聽，不但可以練習唸英語，而且很有趣，效果加倍。

詞，加強語意。譬如：already（已經）、yet（到目前為止）、not...yet（尚未）。要知道，副詞都是插花、襯托性質，可用可不用，由說話的人決定。另外，完成式的動作是從之前「一直」到那個時間點或時空背景點，所以也可譯成「一直」。※ 545 的 never（未曾）和 547 的 not...yet（尚未）是完成式表示「否定」常用的方式。

548、549 （1）完成式的動作是「之前」就開始到那個時間點或時空背景點，所以有個開始點，因此常搭配 since（自從）這個字。since 可當介詞，後面接續受詞（譬如 since 2000）；since 也可以當連接詞，後面可以接子句（譬如 since I was ten）。（2）完成式的動作是從「之前」開始到那個時間點或時空背景點為止，所以動作有個「幅度」，因此常搭配介詞 for（為時）說明動作有多久。（3）但是，一句話或一個句子要不要用 since 和 for 表達動作的起始點和動作幅度，由講話的人決定。

讀

MP3-167

每讀完一次，就將下列白點塗黑一個，留下用功的記錄●●●●●●●●●●
讀讀看！會讀後，多讀多唸、讀熟讀透，讀到可以脫口而出。

要進入新的主題囉！▶現在完成式（續）

549 **I have lived in Taipei since I was ten.**
我　已經住　在　台北　自從 我 是 10歲

＝我自從 10 歲起就住在台北。

550 **I have been in Taipei.** ＝我一直在台北。
我　一直是　在　台北

551 **Have you been to Taipei?** ＝你曾去過台北嗎？
曾經你去　台北

552 **Have you gone to Taipei?** ＝你去了台北嗎？
已經你去　台北

簡答 **Yes, I have.**　**No, I haven't.**
是的 我 有　不 我 沒有

553 **How long have you lived in Taipei?** ＝你住台北多久了？
多久　你已住　在　台北

答 **I have lived in Taipei for ten years.**
我　已經住　在　台北 為時 10　年

＝我已住在台北 10 年。

句子說明

550 （1）動詞的現在完成式＝ have 系列的 have 或 has ＋動詞的過去分詞。be 動詞（am、are、is）的完成式＝ have 系列＋ be 動詞的過去分詞 been。（2）be 動詞較傾向表示「狀態」，所以 have been 作者譯成「一直是」。事實上，依不同狀況，也可以譯成「曾經是或已經是」。

551、552 此二句是現在完成式的問句。551 have been 是問人家的經歷。552 have gone

說・寫

至少背10次，背熟後，再寫寫看。說說看！下列的話英語怎麼說，

中翻英測驗

549 我自從 10 歲起就住在台北。

550 我一直在台北。

551 你曾去過台北嗎？

552 你去了台北嗎？

簡答 是的，我有。/ 不，我沒有。

553 你住台北多久了？

答 我已住在台北 10 年。

聽

MP3-168

號填入括弧中。英語句子對應的編聽聽看！把聽到的

聽力測驗

（1）（ ）（2）（ ）（3）（ ）（4）（ ）

（5）（ ）

解答：（1）553（2）550（3）552（4）549（5）551

本測驗也可由同學當考官，唸英語給其它同學聽，不但可以練習唸英語，而且很有趣，效果加倍。

（gone 是 go 的過去分詞）是問人家當下的動作，它的含意有三種：（1）你已動身去台北了嗎？（2）你已在台北的途中了嗎？（3）你已到了台北了嗎？

553 本例句也是現在完成式的問句之一，用的疑問詞片語是How long。How（如何）、long（長的），How long 若用在問「距離」，譯成「多長」；若用在問「時間」，譯成「多久」。

讀
MP3-169

每讀完一次，就將下列白點塗黑一個，留下用功的記錄●●●●●●●●●●
讀讀看！會讀後，多讀多唸、讀熟讀透，讀到可以脫口而出。

要進入新的主題囉！▶感受型動詞

554 **English interests me. ＝英語使我感興趣。**
英語 (使) 我 (感興趣)

555 **I am interested. ＝我很感興趣。**
我 是 感到興趣的

556 **I am interested in English. ＝我對英語感到興趣。**
我 是 感到興趣的 於 英語

557 **It is interesting.**
它是令人感到興趣的
(可簡譯：有趣的)
＝它令人感到興趣。＝它很有趣。

558 **It is interesting to me. ＝它令我感到興趣。**
它是 有趣的 對 我

559 **Tom is interesting. ＝湯姆很有趣。**
湯姆 是 有趣的

560 **The news excites me. ＝這消息使我興奮。**
這 消息 (使) 我 (興奮)

句子說明

554 interest 當動詞時常譯成「使……感興趣」，文法上特別稱為「感受型動詞」。感受型動詞的特性是在於它的「過去分詞」和「現在分詞」常譯成「感到……的」和「令人感到……的」。

555、556 (1) 感受型動詞的過去分詞 (如例句的 interested) 常譯成「感到……的」，而句子若用感受型動詞的過去分詞時，主詞大都是「人」，因為「人」較會「感到……的」。(2) 若要特別說明「對什麼」感到什麼，才要加介詞 (如例句中的 in)，這個介詞常譯成「對；於」。

說・寫

至少背10次，背熟後，再寫寫看，說說看！下列的話英語怎麼說，

中翻英測驗

554 英語使我感興趣。

555 我很感興趣。

556 我對英語感到興趣。

557 它令人感到興趣。＝它很有趣。

558 它令我感到興趣。

559 湯姆很有趣。

560 這消息使我興奮。

聽

MP3-170

聽聽看！把聽到的編號填入括弧中。英語句子對應的

聽力測驗

（1）（　　）（2）（　　）（3）（　　）（4）（　　）

（5）（　　）（6）（　　）（7）（　　）

解答：（1）559（2）557（3）555（4）558（5）560（6）554（7）556

本測驗也可由同學當考官，唸英語給其它同學聽，不但可以練習唸英語，而且很有趣，效果加倍。

557、558 （1）感受型動詞（如例句的interest）的現在分詞（如例句的interesting）常譯成「令人感到興趣的」，簡譯成「有趣的」，而句子若用感受型動詞的現在分詞時，主詞大都是「事或物」，因為「事或物」較會「令人感到……的」。（2）若要特別説明「令誰感到什麼」才要加介詞（如例句中的 to），這個介詞 to 也常譯成「對」。

559 句子若用感受型動詞的現在分詞（如例句的 interesting）一般而言主詞是「事或物」，但事實上，主詞也可以是人，譬如本句的 Tom。可見英語是要活讀的，不要死板。

560 excite 是感受型動詞，常譯成「使……興奮；鼓舞」。

讀

MP3-171

每讀完一次，就將下列白點塗黑一個，留下用功的記錄●●●●●●●●●● 讀讀看！會讀後，多讀多唸、讀熟讀透，讀到可以脫口而出。

要進入新的主題囉！▶感受型動詞（續）

561 I am excited. ＝我感到很興奮。
我 是 感到興奮的

562 I am excited about the game. ＝我對這遊戲感到興奮。
我 是 感到興奮的 於 這 遊戲

563 It is exciting. ＝它令人感到興奮。
它 是 令人感到興奮的

564 It is exciting to me. ＝它令我感到興奮。
它令人感到興奮 對 我

565 The news surprises us. ＝這消息使我們驚訝。
這 消息 （使）我們（驚訝）

566 I am surprised. ＝我感到很驚訝。
我 是 感到驚訝的

567 I am surprised at the gift. ＝我對這禮物感到驚訝。
我 感到很驚訝 於 這 禮物

568 It is surprising. ＝它令人感到驚訝。
它 是 令人感到驚訝的

569 It is surprising to me. ＝它令我感到驚訝。
它 是 令人感到驚訝的 對 我

句子說明

561、562 excite 的過去分詞 excited 常譯成「感到興奮的」。若要特別說明「對什麼感到……的」才要加介詞 about。

563、564 exciting 是 excite 的現在分詞。

565 surprise 是感受型動詞，常譯成「使……驚訝」。

說●寫

至少背10次，背熟後，再寫寫看。說說看！下列的話英語怎麼說，

中翻英測驗

561 我感到很興奮。

562 我對這遊戲感到興奮。

563 它令人感到興奮。

564 它令我感到興奮。

565 這消息使我們驚訝。

566 我感到很驚訝。

567 我對這禮物感到驚訝。

568 它令人感到驚訝。

569 它令我感到驚訝。

聽

MP3-172

聽聽看！把聽到的英語句子對應的編號填入括弧中。

聽力測驗

（1）（　　）（2）（　　）（3）（　　）（4）（　　）

（5）（　　）（6）（　　）（7）（　　）（8）（　　）

（9）（　　）

解答：（1）562（2）564（3）567（4）563（5）566（6）569（7）568（8）561（9）565

本測驗也可由同學當考官，唸英語給其它同學聽，不但可以練習唸英語，而且很有趣，效果加倍。

566、567 surprise 的過去分詞 surprised 常譯成「感到驚訝的」。若要特別說明「對什麼感到……的」才要加介詞 at。

568、569 surprising 是 surprise 的現在分詞。

讀

MP3-173

每讀完一次，就將下列白點塗黑一個，留下用功的記錄●●●●●●●●●●
讀讀看！會讀後，多讀多唸、讀熟讀透，讀到可以脫口而出。

要進入新的主題囉！▶感受型動詞（續）

570 People get excited about Halloween.
人們 變得感到興奮的 於 萬聖節

＝人們對萬聖節感到興奮。

571 They look surprised at the news.
他們 看起來感到驚訝的 於 那 消息

＝他們看起來對那消息很感驚訝。

572 Tom and Mary feel interested in math.
湯姆 和 瑪莉 感覺 感到興趣的 於 數學

＝湯姆和瑪莉感覺對數學很感興趣。

要進入新的主題囉！▶被動式

573 He broke the window. ＝他打破那窗子。
他 打破 那 窗子

574 The window was broken by him. ＝那窗子被他打破了。
那 窗子 被打破 被 他

575 Was the window broken by him?
是 那 窗子 被打破 被 他

＝那窗子是被他打破的嗎？

句子說明

570～572 句中，get、look、feel 是當連綴動詞，文法規定，動詞若當連綴動詞，後面要接形容詞當補語。感受型動詞的過去分詞也具有形容詞功能，可以接在 get、look、feel 後面當補語。※ 過去分詞本來就可以當形容詞，譯成「……的」。只是感受型動詞的過去分詞常譯成「感到……的」，意思上稍特殊而已。

說•寫

至少背10次，背熟後，再寫寫看。說說看！下列的話英語怎麼說，

中翻英測驗

570 人們對萬聖節感到興奮。

571 他們看起來對那消息很感驚訝。

572 湯姆和瑪莉感覺對數學很感興趣。

573 他打破那窗子。

574 那窗子被他打破了。

575 那窗子是被他打破的嗎？

聽

MP3-174

號填入括弧中。英語句子對應的編聽聽看！把聽到的

聽力測驗

（1）（　　）（2）（　　）（3）（　　）（4）（　　）

（5）（　　）（6）（　　）

解答：（1）571（2）575（3）573（4）570（5）574（6）572

本測驗也可由同學當考官，唸英語給其它同學聽，不但可以練習唸英語，而且很有趣，效果加倍。

573、574 be 動詞＋及物動詞的過去分詞＝被動式，譯成「被」。被動式也是動作的一種方式，常用來表示「……被誰……」，所以一般都要多加介詞 by（被）。break 的三態是 break-broke-broken。

575 這句是被動式的疑問句，只是把 be 動詞 was 放句首而已。

讀

MP3-175

每讀完一次，就將下列白點塗黑一個，留下用功的記錄●●●●●●●●●●
讀讀看！會讀後，多讀多唸、讀熟讀透，讀到可以脫口而出。

要進入新的主題囉！▶被動式（續）

576 Japanese is spoken (by people 可省略) in Japan.
日文 被說 被 人們 在日本的人

→ Japanese is spoken in Japan. ＝在日本，人們說日文。
日文 被說 在 日本

577 The house will be built by them.
那 房子 將 被建 被 他們

＝那房子將被他們建。＝那房子將由他們來建。

578 Will the house be built by them?
將 那 房子 被建 被 他們

＝那房子將被他們建嗎？＝那房子將由他們來建嗎？

579 Tom's car has been fixed before.
湯姆的 車 已被修理過 以前

＝湯姆的車以前被修理過。

580 Has Tom's car been fixed before?
湯姆 的車 已被修理過 以前

＝湯姆的車以前被修理過嗎？

句子說明

576 在日本的人們大都是說日文，所以 by people（被人們）可以省略，不必講。

577 這例句是未來式被動，所以有加助動詞 will，will 是助動詞，後面的動詞要用原形，所以被動式的 be 動詞（不論是 am、are 或 is……）都要變原形動詞 be 這個字。所以本句的被動式是 will be built。

578 這句是未來式被動的疑問句，將助動詞 will（將）放句首。

579 這例句是完成式被動，由 be 動詞的完成式 have been 系列＋過去分詞組成。

580 這是完成式被動的疑問句，將完成式的 has 放句首即成。按英文文法，完成式＝ have 系

說・寫

至少背10次，背熟後，再寫寫看。說說看！下列的話英語怎麼說，

中翻英測驗

576 在日本，人們說日文。

577 那房子將被他們建。＝那房子將由他們來建。

578 那房子將被他們建嗎？＝那房子將由他們來建嗎？

579 湯姆的車以前被修理過。

580 湯姆的車以前被修理過嗎？

聽

MP3-176

號填入括弧中。英語句子對應的編聽聽看！把聽到的

聽力測驗

（1）（　　）（2）（　　）（3）（　　）（4）（　　）

（5）（　　）

解答：（1）578（2）576（3）580（4）577（5）579

本測驗也可由同學當考官，唸英語給其它同學聽，不但可以練習唸英語，而且很有趣，效果加倍。

列＋動詞的 p.p. 過去分詞，其中 have 系列已升格為助動詞，所以改疑問句時，have 要放到句首。※ 複習：助動詞的三大功能是表達本動詞的疑問口氣、否定口氣、簡答口氣。以助動詞 do 為例：（1）Do you play basketball? 助動詞 do 放句首表達疑問口氣。（2）Yes, I do.、No, I don't. 其中 do 表示簡答口氣，代表整個動作 play basketball；don't 是 do 加上 not，表達否定的口氣。

MP3-177

每讀完一次，就將下列白點塗黑一個，留下用功的記錄●●●●●●●●●●
讀讀看！會讀後，多讀多唸、讀熟讀透，讀到可以脫口而出。

要進入新的主題囉！▶疑問詞片語

581 **Where to go shopping is my problem.**
哪裡 去 購物 是我的 問題
＝去哪裡購物是我的難題。

582 **I don't know what to do.** ＝我不知道要做什麼。
我 不 知道 什麼 去 做

583 **Can you tell me where to go?** ＝你能告訴我去哪裡嗎？
能 你 告訴 我 哪裡 去 走

584 **Mom told me what not to do in the living room.**
媽媽 告訴 我 什麼 不要 去 做 在客廳裡
＝媽媽告訴我別在客廳做什麼。

要進入新的主題囉！▶ that 子句

585 **That Tom won the game yesterday is really good news.**
湯姆 贏了 那 比賽 昨天 是 真地 好的 消息
＝昨天湯姆贏了比賽（這件事）真是個好消息。

586 **I didn't know that Tom won the game yesterday.**
我 不 知道 湯姆 贏了 那 比賽 昨天
＝我不知道湯姆昨天贏了比賽（這件事）。

句子說明

581～583 前面我們學過「不定詞片語 to V」和「動名詞（片語）Ving」具備名詞功能，可以在句子中擔任主詞、受詞或補語。現在我們再學習「疑問詞片語」，「疑問詞片語」也具備名詞功能，可以在句子中擔任主詞、受詞或補語，都是用片語談「事」的表達方式。疑問詞片語是疑問詞加上不定詞片語 toV 形成，如以上例句的 where + to go shopping（在該句中當主詞）、what + to do（在該句中當受詞）、where + to go（在該句中當補語）。

584 疑問詞片語的否定是在不定詞 to 前面加 not。

說說看！下列的話英語怎麼說，至少背10次，背熟後，再寫寫看。

中翻英測驗

581 去哪裡購物是我的難題。

582 我不知道要做什麼。

583 你能告訴我去哪裡嗎？

584 媽媽告訴我別在客廳做什麼。

585 昨天湯姆贏了比賽（這件事）真是個好消息。

586 我不知道湯姆昨天贏了比賽（這件事）。

聽

MP3-178

聽聽看！把聽到的英語句子對應的編號填入括弧中。

聽力測驗

（1）（　　）（2）（　　）（3）（　　）（4）（　　）

（5）（　　）（6）（　　）

解答：（1）583（2）585（3）582（4）586（5）584（6）581

本測驗也可由同學當考官，唸英語給其它同學聽，不但可以練習唸英語，而且很有趣，效果加倍。

585 本句是在學習，that 子句是在一個敘述句（譬如本例句的 Tom won the game yesterday）前面加上從屬連接詞 that（that 在句中沒意思）而成。that 子句也具備名詞功能，可在大句子中當主詞、受詞或補語，是用子句談「事」的表達方式。本例句中的 that 子句（that Tom won the game yesterday）在大句子中是擔任主詞。另外，that 子句當主詞時也可以用虛主詞 it 取代，that 子句移到後面，變成 It is really good news that Tom won the game yesterday.

586 本例句中，that 子句是當動詞 know 的受詞。

讀

MP3-179

每讀完一次，就將下列白點塗黑一個，留下用功的記錄●●●●●●●●●●
讀讀看！會讀後，多讀多唸、讀熟讀透，讀到可以脫口而出。

要進入新的主題囉！▶ whether 子句、if 子句

587 Whether Tom can get up on time is a problem.
是否 湯姆 能 起床 準時 是一 問題

＝湯姆是否能準時起床是個問題。

588 The problem is whether Tom can get up on time.
問題 是 是否 湯姆 能 起床 準時

＝問題是湯姆是否能準時起床。

589 I don't know whether Tom can get up on time.
我 不 知道 是否 湯姆 能 起床 準時

＝我不知道湯姆是否能準時起床。

要進入新的主題囉！▶疑問詞子句

590 What did she want? ＝她想要什麼？
什麼（助動詞）她 想要

句子說明

587 that 子句之外，再學習 whether 子句，whether 子句是在一個敘述句（Tom can get up on time）前面加上從屬連接詞 whether（是否）而成。whether 子句也具備名詞功能，可在大句子中當主詞、受詞或補語，也是用子句談「事」的表達方式，只是含有「是否」的意思。本例句的 whether 子句（Whether Tom can get up on time）在大句子中是擔任主詞。另外，whether 子句當主詞時也可以用虛主詞 it 取代，whether 子句移到後面，變成 It is a problem whether Tom can get up on time.。

588 whether 子句在本例句中是在 be 動詞 is 後面擔任補語。

說・寫

至少背10次，背熟後，再寫寫看。說說看！下列的話英語怎麼說，

中翻英測驗

587 湯姆是否能準時起床是個問題。

588 問題是湯姆是否能準時起床。

589 我不知道湯姆是否能準時起床。

590 她想要什麼？

聽

MP3-180

號填入括弧中。英語句子對應的編聽聽看！把聽到的

聽力測驗

（1）（　　）（2）（　　）（3）（　　）（4）（　　）

解答：（1）589（2）588（3）590（4）587

本測驗也可由同學當考官，唸英語給其它同學聽，不但可以練習唸英語，而且很有趣，效果加倍。

589 whether 子句在本例句中是擔任動詞 know 的受詞。whether 子句當受詞時，whether（是否）也可以用另一個從屬連接詞 if 取代，因為 if 也可以譯成「是否」，寫成 I don't know if Tom can get up on time.。注意：if 譯成「是否」時，if 子句具有名詞功能，但只能擔任受詞或補語，不能擔任主詞，如上列例句中，if 子句（if Tom can get up on time）是當動詞 know 的受詞。

590 本句是以疑問詞 what 帶頭的獨立疑問句，其中助動詞 did 是因為改疑問句才加上去的。

讀

MP3-181

每讀完一次，就將下列白點塗黑一個，留下用功的記錄●●●●●●●●●●
讀讀看！會讀後，多讀多唸、讀熟讀透，讀到可以脫口而出。

要進入新的主題囉！▶疑問詞子句（續）

591 **What she wanted was a comic book.**
她想要的東東 是 一 漫畫 書

＝她想要的是一本漫畫書。

592 **I didn't know what she wanted.** ＝我不知道她要的東西。
我 不 知道……的東東她 想要

要進入新的主題囉！▶ so（如此地）...that（以致於）...

593 **I am so tired that I can't finish the job.**
我 是 如此地 累的 以致 我 不能 完成 這 工作

＝我是如此地累以致無法完成這工作。

594 **The teacher speaks so fast that the students can't**
那 老師 講 如此地快地 以致 這些 學生們 不能

understand.
了解

＝那老師講得如此之快，以致學生們不能了解。

句子說明

591 （1）具有名詞功能的子句，除了 that 子句、whether 子句、if 子句之外，我們最後學「疑問詞子句」，疑問詞子句的形成方式是，將獨立的疑問句「What did she want?」之中，因為改疑問句而做過的改變「還原」，也就是去掉 did，want 改 wanted，變 what she wanted，就變成「疑問詞子句」。疑問詞子句也具有名詞功能，可以在大句子中擔任主詞、受詞或補語，也是用子句談「事」的表達方式，只是含有「疑問」的意思。本例句中 what she wanted 是在大句子中當主詞。要注意，what 在此是「複合關係代名詞」，譯成「……的東東」，不是譯成「什麼」。（2）疑問詞子句當主詞時，也可用虛主詞 it 放句首，疑問詞子句移往後面，所以本句可寫成 It was a comic book what she wanted.。

說說看！下列的話英語怎麼說，至少背10次，背熟後，再寫寫看。

中翻英測驗

591 她想要的東東是一本漫畫書。

592 我不知道她要的東西。

593 我是如此地累以致無法完成這工作。

594 那老師講得如此之快，以致學生們不能了解。

聽

MP3-182

聽聽看！把聽到的英語句子對應的編號填入括弧中。

聽力測驗

(1)（　　）(2)（　　）(3)（　　）(4)（　　）

解答：(1) 594 (2) 591 (3) 593 (4) 592

本測驗也可由同學當考官，唸英語給其它同學聽，不但可以練習唸英語，而且很有趣，效果加倍。

592 本例句中疑問詞子句 what she wanted 是在大句子中當動詞 know 的受詞。

593 這是用 so...that... 表達「如此地……以致……」的句型。so 是副詞，形容後面的形容詞（tired）。that 是從屬連接詞，後面接子句（一句話），合起來叫做「that 子句」。本來 that 子句的 that 沒有意思，但是在 so...that... 句型中，that 最常譯成「以致於」。但是，在 so...that... 句型中，that 有時候也可譯成「所以、因為」，可自行斟酌選用。

594 本例句中副詞 so 是形容後面的副詞 fast。按文法，副詞主要是形容動詞、形容詞及其他副詞。

讀

MP3-183

每讀完一次，就將下列白點塗黑一個，留下用功的記錄●●●●●●●●●●
讀讀看！會讀後，多讀多唸、讀熟讀透，讀到可以脫口而出。

要進入新的主題囉！▶ such（如此的）...that（以致於）...

595 Mary is such a nice girl that we all like her.
瑪莉 是如此的一 好的 女孩 以致 我們全部喜歡 她

＝瑪莉是個如此好的女孩，以致我們大家都喜歡她。

要進入新的主題囉！▶ too（太）...to（不能）...

596 The tea is too hot to drink. ＝這茶太燙喝不了。
這 茶 是 太 熱的不能 喝

597 I get up too late to catch the school bus.
我 起床 太 晚地不能 趕上 那 學校 巴士

＝我起床起得太晚，沒能趕上學校巴士。

要進入新的主題囉！▶足夠地⋯⋯

598 Tom is old enough to drive a car.
湯姆 是老的 足夠地 去 駕 一 車

＝湯姆年齡夠大可以開車。
＝湯姆已到了可以開車的年齡了。

599 Tom runs fast enough to catch the bus.
湯姆 跑 快地 足夠地 去 趕上 那 巴士

＝湯姆跑得夠快，趕上了那巴士。

句子說明

595 本例句是用 such...that... 表達「如此的⋯⋯以致⋯⋯」的句型。such 是形容詞，形容「名詞區」a nice girl。按文法，形容名詞的是形容詞。在例句中 girl 是名詞，a nice girl 是名詞區，可以視同名詞看待。

596、597 這是用 too...to... 表達「太⋯⋯不能⋯⋯」的句型。too（太）是副詞，在 596 例句中 too 形容 hot（形容詞）；597 例句中 too 形容 late（副詞）。注意：在 too（太）...to

說·寫

至少背10次，背熟後，再寫寫看。說說看！下列的話英語怎麼說，

中翻英測驗

595 瑪莉是個如此好的女孩，以致我們大家都喜歡她。

596 這茶太燙喝不了。

597 我起床起得太晚，沒能趕上學校巴士。

598 湯姆年齡夠大可以開車。＝湯姆已到了可以開車的年齡了。

599 湯姆跑得夠快，趕上了那巴士。

聽

MP3-184

號填入括弧中。英語句子對應的編聽聽看！把聽到的

聽力測驗

（1）（　　）（2）（　　）（3）（　　）（4）（　　）

（5）（　　）

解答：（1）597（2）596（3）599（4）595（5）598

本測驗也可由同學當考官，唸英語給其它同學聽，不但可以練習唸英語，而且很有趣，效果加倍。

（不能）... 句型中 to 是不定詞，後面接動詞原形，to 在句型中要譯成「不能」。

598、599 enough 當副詞時常放在被它形容的形容詞（如 598 句中的 old）或副詞（如 599 句中的 fast）的後面，表達「足夠……去……」或「足夠……能夠……」的意思。

※enough 若是當形容詞，譯成「足夠的」，則是放在所形容的名詞前面，譬如 enough water（足夠的水）。

He that can have patience can have what he wills.
有耐性者終能達成願望。

～ **Franklin 富蘭克林**

LEVEL 6

讀

MP3-185

每讀完一次，就將下列白點塗黑一個，留下用功的記錄●●●●●●●●●●
讀讀看！會讀後，多讀多唸、讀熟讀透，讀到可以脫口而出。

要進入新的主題囉！▶動詞片語

600 His house burnt down yesterday.

他的 房子 燃燒 往下 昨天
（＝燒毀）

＝他的房子昨天燒毀了。

601 Tom is going to knock down the wall.

湯姆 將 敲 往下 這 牆
（＝拆除）

＝湯姆將把這牆拆除。

=Tom is going to knock this wall down.

湯姆 將 敲 這 牆 往下

＝湯姆將把這牆拆除。

602 Write it down. ＝寫下它。

寫 它 往下

603 Please wake me up at six. ＝請在 6 點叫醒我。

請 喚醒 我 往上在 6點

句子說明

600 動詞和副詞合起來的片語叫做「動詞片語」，例如本句的 burnt down。依文法規則，若是動詞是及物動詞（v.t.）就可以接續受詞，若是不及物動詞（v.i.）就不可以接續受詞。本例句的動詞 burnt（burn 的過去式）在此是當不及物動詞（v.i.），所以沒有接續受詞。※v.t.（及物動詞）及 v.i.（不及物動詞）在字典上都有標示。

601 本句的動詞 knock 在句中是當及物動詞（v.t.），所以可以有受詞，而它組成的動詞片語 knock down 當然也可以有受詞。特別的是，有受詞的動詞片語「大都是可分離式」，受

說・寫

至少背10次，背熟後，再寫寫看。說說看！下列的話英語怎麼說，

中翻英測驗

600 他的房子昨天燒毀了。

601 湯姆將把這牆拆除。

602 寫下它。

603 請在 6 點叫醒我。

聽

MP3-186

號填入括弧中。英語句子對應的編聽聽看！把聽到的

聽力測驗

（1）（　　）（2）（　　）（3）（　　）（4）（　　）

解答：（1）603（2）600（3）602（4）601

本測驗也可由同學當考官，唸英語給其它同學聽，不但可以練習唸英語，而且很有趣，效果加倍。

詞可以放後面，也可以放在中間。譬如 knock down the wall 受詞 the wall 放後面，是一般情形，但 knock the wall down，受詞 the wall 放中間，也可以。

602 動詞片語（像例句中的 write down）若接的受詞是代名詞（如例句中的 it），則動詞片語一定要分離，代名詞要放中間，write it down。不能寫 write down it。

603 本例句的 wake 是及物動詞，所以有接續受詞。但是本句受詞是 me，是代名詞，一定要放在動詞片語 wake 和 up 的中間，不能放在後面，所以不能寫成 wake up me.。

讀
MP3-187

每讀完一次，就將下列白點塗黑一個，留下用功的記錄●●●●●●●●●●
讀讀看！會讀後，多讀多唸、讀熟讀透，讀到可以脫口而出。

要進入新的主題囉！▶過去完成式

604 **The race had already ended when Tom arrived here.**
這　比賽　已經結束　當　湯姆　抵達　這裡

= When Tom arrived here, the race had already ended.

＝當湯姆抵達這裡時，比賽已經結束。

605 **I had lived in Taipei for 2 years before Mary moved to**
我　已經住　在　台北　為時2　年　（在）瑪莉搬去

Taichung in 2010.
台中　在 2010年（之前）

= Before Mary moved to Taichung in 2010, I had lived in Taipei for 2 years.

＝在瑪莉 2010 年搬去台中之前，我已住在台北 2 年了。

606 **I had left for Tokyo when John arrived here, so I didn't**
我 已 離開 赴（＝前往） 東京　當　約翰　抵達　這裡　所以我　沒

see him.
看到　他

＝當約翰抵達這裡時，我已離開赴（＝前往）東京，所以我沒看到他。

句子說明

604（1）had 是 have 的過去式，had ＋ p.p. 過去分詞（譬如本句的 ended）＝過去完成式。（2）過去完成式是從過去某個時空背景點或時間點之前就開始，所以若有必要也和現在完成式一樣，可以加 since（自從）或 for（為時）。（3）過去完成式如果想加，當然也可以加上強調「經驗」、「完成」……等意思的插花副詞，如本句的 already（已經）、never（未曾）……。（4）過去完成式也常譯成「曾經、已經、一直」。（5）過去完成式（譬如本句的 The race had ended. 比賽之前已結束）因為動作的時空背景在過去，所以常加上能襯托過去時空背景的字詞、片語或子句，其中以子句居多。譬如本句中就是用從屬連接詞 when 所帶的副詞子句（when Tom arrived here 當湯姆那時抵達這裡）來襯托主要子句（The race had ended. 比賽之前已結束）過去完成式過去時空的時空背景點，

說・寫

至少背10次，背熟後，再寫寫看。說說看！下列的話英語怎麼說，

中翻英測驗

604 當湯姆抵達這裡時，比賽已經結束。

605 在瑪莉 2010 年搬去台中之前，我已住在台北 2 年了。

606 當約翰抵達這裡時，我已前往東京，所以我沒看到他。

聽

MP3-188

號填入括弧中。英語句子對應的編聽聽看！把聽到的

聽力測驗

（1）（　　）（2）（　　）（3）（　　）

解答：（1）606（2）604（3）605

本測驗也可由同學當考官，唸英語給其它同學聽，不但可以練習唸英語，而且很有趣，效果加倍。

讓聽或讀這句話的人更了解這場比賽結束的「過去」時空背景。

605 （1）本句的過去完成式是 I had lived in Taipei，for 2 years（為時 2 年）是講這句話的人加上去的，可以讓聽這句話的人更了解完成式的「時間幅度」。（2）從屬連接詞 before 帶的副詞子句（before Mary moved to Taichung in 2010）是用來襯托主要子句（I had lived in Taipei）過去完成式過去時空的時空背景點，讓聽或讀這句話的人更了解我住在台北的「過去」時空的時空背景。

606 這個大句子是由前面一個大的主要子句（I had left for Tokyo when John arrived here），以及後面一個大的副詞子句（so I didn't see him）所組成。前面大的主要子句又由小的主要子句（I had left for Tokyo）和小的副詞子句（when John arrived here）所組成。

讀

MP3-189

每讀完一次，就將下列白點塗黑一個，留下用功的記錄 ●●●●●●●●●●
讀讀看！會讀後，多讀多唸、讀熟讀透，讀到可以脫口而出。

要進入新的主題囉！▶對等連接詞（單人組）

607 Tom and I are classmates. ＝湯姆和我是同學。
湯姆 和 我 是 同學

608 He is poor but honest. ＝他雖窮，但誠實。
他 是 窮的 但 誠實的

609 Is it small or big? ＝它是大的或小的？
是 它 小的 或 大的

610 Study hard, or you can't get a good grade.
研讀 努力地 否則 你 不能 得到 一 好的 成績
＝努力用功，否則你得不到好成績。

要進入新的主題囉！▶對等連接詞（雙人組）

611 Both you and he are right. ＝你和他二位都對。
二者都 你 和 他 是 對的

612 He is not only tall but also handsome.
他 是 不但 高的 而且 英俊的
＝他不但高䠷而且英俊。

613 Either Tom or you are wrong.
或 湯姆 或 你 是 錯的
＝湯姆或你，有一位是錯的。

句子說明

607～610 連接詞分為對等連接詞和從屬連接詞。對等連接詞又分為單人組（最常見的是and、but、or）和雙人組。對等連接詞可連字和字、片語和片語、子句和子句，但連接的二邊的身分（詞性）和功能要相同，譬如上列例句的 Tom 和 I 都是代名詞，都是擔任主詞；poor 和 honest 都是形容詞，都是在 be 動詞 is 後面當補語。注意：or 連接字和字時，or 譯成「或」；or 連接子句和子句時，or 譯成「否則」。

說・寫

至少背10次，背熟後，再寫寫看。說說看！下列的話英語怎麼說，

中翻英測驗

607 湯姆和我是同學。

608 他雖窮，但誠實。

609 它是大的或小的？

610 努力用功，否則你得不到好成績。

611 你和他二位都對。

612 他不但高䠷而且英俊。

613 湯姆或你，有一位是錯的。

聽

MP3-190

英語句子對應的編號填入括弧中。聽聽看！把聽到的

聽力測驗

（1）（　　）（2）（　　）（3）（　　）（4）（　　）

（5）（　　）（6）（　　）（7）（　　）

解答：（1）610（2）613（3）607（4）612（5）609（6）611（7）608

本測驗也可由同學當考官，唸英語給其它同學聽，不但可以練習唸英語，而且很有趣，效果加倍。

611～614（1）both A and B（A和B二者都；既A又B）、not only A but also B（不但A而且B）、either A or B（或A或B；不是A就是B；A和B必有其一）、neither A nor B（非A非B；不是A也不是B；A和B都不是）是「雙人組」對等連接詞。（2）注意：not only A but also B、either A or B、neither A nor B連接的是主詞時，動詞是依最接近的B而定。譬如 613 Either Tom or you are wrong. 句中，雙人組連接詞Either和or連接的是主詞Tom和you，動詞是依you而定，所以用are。

MP3-191

每讀完一次，就將下列白點塗黑一個，留下用功的記錄●●●●●●●●●●●
讀讀看！會讀後，多讀多唸、讀熟讀透，讀到可以脫口而出。

要進入新的主題囉！▶對等連接詞（雙人組）（續）

614 He is neither a doctor nor a teacher.
他 是 非 一 醫生 非 一 老師

＝他不是醫生也不是老師。

要進入新的主題囉！▶從屬連接詞（連接名詞子句）

615 That the earth is round is certain.
這地球 是 圓的 是 確實的

= It is certain that the earth is round.

＝地球是圓的（這件事）是確實的。

616 I don't know whether he is a doctor or not.
我 不 知道 是否 他 是一 醫生 或 不

= I don't know if he is a doctor or not.

＝我不知道他是否是一位醫生。

615、616 連接詞分為對等連接詞和從屬連接詞，對等連接詞以外的連接詞大部分都是從屬連接詞。從屬連接詞只連接子句，文法上叫做從屬子句。從屬子句又分為（1）具有名詞功能，在大句子中可擔任主詞、受詞或補語的，文法上又特稱之為「名詞子句」，名詞子句最常見的就如 615 句中從屬連接詞 that 帶的 that 子句（that the earth is round，在大句子中當主詞）；616 句中從屬連接詞 whether 帶的是 whether 子句（whether he is a doctor，在大句子中擔任動詞 know 的受詞。）和 if

說·寫

至少背10次，背熟後，再寫寫看。說說看！下列的話英語怎麼說，

中翻英測驗

614 他不是醫生也不是老師。

615 地球是圓的（這件事）是確實的。

616 我不知道他是否是一位醫生。

聽

MP3-192

英語句子對應的編號填入括弧中。聽聽看！把聽到的

聽力測驗

（1）（　　）（2）（　　）（3）（　　）

解答：（1）615（2）616（3）614

本測驗也可由同學當考官，唸英語給其它同學聽，不但可以練習唸英語，而且很有趣，效果加倍。

子句。此處的 if 子句是名詞子句，if 當名詞子句時，只能當受詞、補語，不能當主詞，if 要譯成「是否」。（2）從屬子句除了名詞子句，其他的則大都是具有副詞功能的副詞子句，譬如 617～622 句的 if 子句、when 子句、as soon as 子句、as long as 子句……等從屬子句都是為了形容主要子句的動詞而加上的從屬子句，因為這些從屬子句是形容主要子句的動詞，是副詞功能，所以又稱為「副詞子句」。

MP3-193

每讀完一次，就將下列白點塗黑一個，留下用功的記錄●●●●●●●●●●
讀讀看！會讀後，多讀多唸、讀熟讀透，讀到可以脫口而出。

要進入新的主題囉！▶從屬連接詞（連接副詞子句）

617 If you can't come, please let me know.
假如 你 不能 來 請 讓 我 知道

＝假如你不能來，請通知我一下。

618 I was playing basketball when you telephoned.
我 正在打 籃球 當 你 打電話

= When you telephoned, I was playing basketball.

＝當你來電時，我正在打籃球。

619 I picked up the phone as soon as it rang.
我 接起 這 電話 一當 它 響

= As soon as the phone rang, I picked it up.

＝一當電話響起，我就接起來。

620 Mom will buy me anything as long as I like.
媽媽 將 買給 我 任何東西 只要 我喜歡

=As long as I like, Mom will buy me anything.

＝只要我喜歡，媽媽會買任何東西給我。

621 Mom will pay for it no matter what I like.
媽媽 將 付 為 它 不論 什麼 我喜歡

= No matter what I like, Mom will pay for it.

＝不論我喜歡什麼，媽媽都會買單。

617～622 （1）從屬連接詞所帶的子句叫做從屬子句。從屬子句又分為具有名詞功能的「名詞子句」和副詞功能的「副詞子句」。從屬子句擔任名詞功能的不多，最常見的是that子句、whether子句及只擔任受詞、補語的if子句，此時的if譯成「是否」。（2）名詞功能以外的從屬子句幾乎都是擔任副詞功能，形容主要子句的動詞，所以又叫做「副詞子句」。（3）帶領副詞子句的從屬連接詞非常多，譬如 617～622 句中的if（假如）、when（當）、as soon as（一當……就）、as long as（只要）、no

說・寫

至少背10次，背熟後，再寫寫看。說說看！下列的話英語怎麼說，

中翻英測驗

617 假如你不能來，請通知我一下。

618 當你來電時，我正在打籃球。

619 一當電話響起，我就接起來。

620 只要我喜歡，媽媽會買任何東西給我。

621 不論我喜歡什麼，媽媽都會買單。

聽

MP3-194

號填入括弧中。英語句子對應的編聽聽看！把聽到的

聽力測驗

(1)(　　)(2)(　　)(3)(　　)(4)(　　)

(5)(　　)

解答：(1) 618 (2) 617 (3) 621 (4) 620 (5) 619

本測驗也可由同學當考官，唸英語給其它同學聽，不但可以練習唸英語，而且很有趣，效果加倍。

matter what（不論什麼）、no matter where（不論哪裡）。(4) 副詞子句常放到句首（但要加逗號，文法上叫做「加強語氣」，先講先贏。）注意：if 子句可當名詞子句，也可當副詞子句。當名詞子句時 if 譯成「是否」，當副詞子句時，if 譯成「假如」。whether 子句可當名詞子句，也可當副詞子句。當名詞子句時 whether 譯成「是否」，當副詞子句時 whether 譯成「無論」（譬如：Whether you help me or not, I'll do it. 無論你幫我或不，我都將做它。）

讀

MP3-195

每讀完一次，就將下列白點塗黑一個，留下用功的記錄●●●●●●●●●●
讀讀看！會讀後，多讀多唸、讀熟讀透，讀到可以脫口而出。

要進入新的主題囉！▶從屬連接詞（連接副詞子句）（續）

622 **I will be with you no matter where you go.**
我 將 是 與 你 不論 哪裡 你 去

= No matter where you go, I will be with you.

＝不論你去哪裡，我都會和你在一起。

要進入新的主題囉！▶放在名詞前面的形容詞

623 **Tom is a cute boy.** ＝湯姆是位可愛的男孩。
湯姆 是一可愛的男孩

要進入新的主題囉！▶放在名詞後面的形容詞①介詞片語強調區

624 **The book is mine.** ＝那本書是我的。
那 書 是 我的（東東）

625 **The book on the desk is mine.**
那 書 在 那 桌上 是我的（東東）

＝（在）桌上的那本書是我的。

626 **A friend in need is a friend indeed.**
一 朋友 在 需要 是一 朋友 真地

＝（在）需要時（幫你）的朋友才是真朋友。
＝患難見真情。（西方諺語）

句子說明

623 前面學過，形容名詞的叫做形容詞，而單字型的形容詞常是放在名詞前面形容名詞，如同本例句中的 cute 形容 boy。

624、625 英文有很多的形容詞因為「字多」所以常放在名詞「後面」，由後面往前形容前面的名詞，作者給它取名為「名詞後強調區」。「強調」的意思就是「形容」，「區」的意思是代表「字多」形成一個小團體。「名詞後強調區」最常見的就是介詞帶領

說•寫

至少背10次，背熟後，再寫寫看。說說看！下列的話英語怎麼說，

中翻英測驗

622 不論你去哪裡，我都會和你在一起。

623 湯姆是位可愛的男孩。

624 那本書是我的。

625 （在）桌上的那本書是我的。

626 （在）需要時（幫你）的朋友才是真朋友。

＝患難見真情。

聽

MP3-196

號填入括弧中。英語句子對應的編聽聽看！把聽到的

聽力測驗

（1）（　　）（2）（　　）（3）（　　）（4）（　　）

（5）（　　）

解答：（1）626（2）624（3）622（4）625（5）623

本測驗也可由同學當考官，唸英語給其它同學聽，不但可以練習唸英語，而且很有趣，效果加倍。

的介詞片語當強調區，稱之為「名詞後介詞片語強調區」，如例句中的 on the desk 就是介詞片語當強調區，形容前面的名詞 book（書），譯成「（在）桌上的那本書」。

626 本例句中，介詞片語 in need 是當強調區，形容前面的名詞 friend（朋友），譯成「（在）需要時（幫你）的朋友」。

讀

MP3-197

每讀完一次，就將下列白點塗黑一個，留下用功的記錄●●●●●●●●●●
讀讀看！會讀後，多讀多唸、讀熟讀透，讀到可以脫口而出。

要進入新的主題囉！▶放在名詞後面的形容詞②不定詞片語強調區

627 **I don't have anything to eat.** ＝**我沒有吃的東西。**

我　沒有　任何東西　去　吃

628 **It is time to go to bed.** ＝**就寢的時間到囉。**

它 是 時間 去 上床就寢

要進入新的主題囉！▶放在名詞後面的形容詞③形容詞（片語）強調區

629 **Tom got something special on his birthday.**

湯姆 得到 某東西 特別的 在 他的 生日

＝**湯姆在生日時得到特別的東西。**

630 **Houses close to schools usually sell better.**

房子 接近的於 學校 通常 賣 較好地

＝**接近學校的房子通常賣得較好。**

句子說明

627 to 接動詞原形時，to 叫做「不定詞」，不定詞 to 帶的小隊伍叫做「不定詞片語」。不定詞片語（如例句中的 to eat）也可以在名詞後當強調區，稱之為「名詞後不定詞片語強調區」。本例句中的不定詞片語 to eat 是加在名詞 anything 的後面當強調區，形容名詞 anything，譯成「吃的（任何）東西」。anything 正式名稱是不定代名詞。代名詞具有名詞功能，視同名詞，後面可接強調區。

628 to go to bed 之中第一個 to 後面接動詞原形 go，to 是不定詞；第二個 to 後面接名詞 bed（床），to 是介詞。to go to bed 是不定詞片語，加在名詞 time 後面當強調區，形容名詞

至少背10次，背熟後，再寫寫看。說說看！下列的話英語怎麼說，

中翻英測驗

627 我沒有吃的東西。

628 就寢的時間到囉。

629 湯姆在生日時得到特別的東西。

630 接近學校的房子通常賣得較好。

MP3-198

號填入括弧中。英語句子對應的編聽聽看！把聽到的

聽力測驗

(1) (　　) (2) (　　) (3) (　　) (4) (　　)

解答：(1) 628 (2) 630 (3) 627 (4) 629

本測驗也可由同學當考官，唸英語給其它同學聽，不但可以練習唸英語，而且很有趣，效果加倍。

time，譯成「上床就寢的時間」。

629 本例句中，形容詞 special 放在不定代名詞 something 後面當強調區，形容 something，稱之為「名詞後形容詞強調區」。單字型的形容詞（譬如 special）形容不定代名詞（譬如 something）時要放在不定代名詞的後面，不是前面。

630 本例句中，形容詞 close 帶的片語 close to schools 是在名詞 Houses 後面當強調區，形容名詞 Houses，譯成「接近學校的房子」。「close to schools」字數超過二個，是片語，所以可以稱為「形容詞片語強調區」。

讀

MP3-199

每讀完一次，就將下列白點塗黑一個，留下用功的記錄●●●●●●●●●●
讀讀看！會讀後，多讀多唸、讀熟讀透，讀到可以脫口而出。

要進入新的主題囉！▶放在名詞後面的形容詞④副詞（片語）強調區

631 The boys here are from Taitung.
這些 男孩們在這兒 是 從 台東

＝（在）這兒的男孩們是從台東來的。

632 My job now is difficult. ＝我現在的工作很困難。
我的工作 現在 是 困難的

要進入新的主題囉！▶放在名詞後面的形容詞⑤現在分詞（片語）強調區

633 The boy playing basketball is Tom.
那 男孩 正打籃球 是 湯姆

＝正在打籃球的那男孩是湯姆。

要進入新的主題囉！▶放在名詞後面的形容詞⑥過去分詞（片語）強調區

634 The following is a speech given by a famous writer.
以下 是一 演講 被給 被 一 著名的 作家

＝以下是一位知名作家的演講。

句子說明

631、632 在這二句中，here（在這兒）是地點副詞；now（現在）是時間副詞，簡稱為「副詞」。這二個副詞在例句中也是當名詞後強調區，形容名詞 boys 和 job，稱之為「名詞後副詞強調區」，譯成「在這兒的男孩們」、「現在的工作」。

633 本例句是在名詞 boy 後面加上現在分詞 playing 帶的片語 playing basketball 當強調區，形容名詞 boy，稱之為「名詞後現在分詞（片語）強調區」。現在分詞因為可以和 be 動詞變成「進行式」，所以含有「正在……」的味道。

說•寫

至少背10次，背熟後，再寫寫看。說說看！下列的話英語怎麼說，

中翻英測驗

631 （在）這兒的男孩們是從台東來的。

632 我現在的工作很困難。

633 正在打籃球的那男孩是湯姆。

634 以下是一位知名作家的演講。

聽

MP3-200

號填入括弧中。英語句子對應的編聽聽看！把聽到的

聽力測驗

（1）（　　）（2）（　　）（3）（　　）（4）（　　）

解答：（1）632（2）634（3）631（4）633

本測驗也可由同學當考官，唸英語給其它同學聽，不但可以練習唸英語，而且很有趣，效果加倍。

634 本例句是由動詞 give 的過去分詞 given 帶的片語 given by a famous writer 放在名詞 speech 後面當強調區，形容名詞 speech。過去分詞因為可以和 have 系列變成「完成式」，所以含有「已經」的味道；過去分詞也可以和 be 系列變成「被動式」，所以也含有「被……」的味道。本例句中，演講是要「被講」，不會自己講，所以用過去分詞片語當強調區較適合。

讀

MP3-201

每讀完一次，就將下列白點塗黑一個，留下用功的記錄●●●●●●●●●●
讀讀看！會讀後，多讀多唸、讀熟讀透，讀到可以脫口而出。

要進入新的主題囉！▶放在名詞後面的形容詞⑦子句強調區（第一種形式）

635 **Mary is a beautiful girl who（或 that）has long legs.**
瑪莉 是一 美麗的 女孩 她呢 有 長的 腿
＝瑪莉是一位有著長腿的美麗女孩。

636 **He that travels far knows much.**
人 他呢 旅行 遠地 知道 很多
＝旅行很遠的人知道很多。
＝行萬里路者見聞多。（西方諺語）

637 **God helps those who help themselves.**
上帝 幫助 那些人他們呢 幫助 他們自己
＝上帝幫助那些幫助他們自己的人們。
＝天助自助者。（西方諺語）

638 **Tom wants to buy a robot which（或 that）can walk.**
湯姆 想要 去 買 一機器人 它呢 會 走路
＝湯姆想要買一個會走路的機器人。

639 **The song which（或 that）was made by Kent sounds lovely.**
那 歌 它呢 被創作 被 肯特 聽起來 動人的
＝肯特創作的那首歌聽起來很動人。

640 **This isn't the life which I want.** ＝這不是我想要的生活。
這 不是 那 生活 它呢 我 想要

句子說明

635 若說話的人想用有主詞、動詞的句子型的子句（如本句的 who has long legs），以便更詳細地形容名詞（如本句的 girl）的時候，就用子句當強調區，稱之為「名詞後子句強調區」。子句強調區帶頭的 who（或 that）就是指 girl（女孩），文法上稱之為「關係代名詞」。
※ 子句強調區就是傳統文法所說的「形容詞子句」。

636 在本例句中，He 是代表人或人們，要看成名詞。子句 that travels far 是放在 He 後面當強調區，形容名詞 He（人），譯成「旅行很遠的人」。

說・寫

至少背10次，背熟後，再寫寫看。說說看！下列的話英語怎麼說，

中翻英測驗

635 瑪莉是一位有著長腿的美麗女孩。

636 旅行很遠的人知道很多。＝行萬里路者見聞多。

637 上帝幫助那些幫助他們自己的人們。＝天助自助者。

638 湯姆想要買一個會走路的機器人。

639 肯特創作的那首歌聽起來很動人。

640 這不是我想要的生活。

聽

MP3-202

聽聽看！把聽到的英語句子對應的編號填入括弧中。

聽力測驗

（1）（ ）（2）（ ）（3）（ ）（4）（ ）

（5）（ ）（6）（ ）

解答：（1）636（2）639（3）635（4）638（5）640（6）637

本測驗也可由同學當考官，唸英語給其它同學聽，不但可以練習唸英語，而且很有趣，效果加倍。

637 在本例句中，those 是代表那些人，要看成名詞。子句 who help themselves 是放在 those 後面當強調區，形容 those，譯成「幫助他們自己的人們」。

638、639 句中被強調（被形容）的名詞是 robot（機器人）和 song（歌），是物，關係代名詞改用 which 或 that。that 是人、物皆可用。

635～640 以上例句中，由關係代名詞 who、which（或 that）帶頭的子句強調區，作者將它們命名為「子句強調區的第一種形式」。

MP3-203

每讀完一次，就將下列白點塗黑一個，留下用功的記錄●●●●●●●●●●
讀讀看！會讀後，多讀多唸、讀熟讀透，讀到可以脫口而出。

要進入新的主題囉！▶補述型子句

641 I visited my friend, who lives in Hualien.
我 拜訪了 我的 朋友 他 住 在 花蓮

＝我拜訪了我的朋友，他住在花蓮。

要進入新的主題囉！▶放在名詞後面的形容詞⑦子句強調區（第二種形式）

642 The man whose hat is red is Tom.
那人 他的 帽子 是 紅色的 是 湯姆

＝那位帽子是紅色的人是湯姆。

643 I love the dog whose hair is brown.
我 喜愛 那 狗 牠的 毛髮 是 棕色的

＝我喜愛那隻毛髮是棕色的狗。

要進入新的主題囉！▶放在名詞後面的形容詞⑦子句強調區（第三種形式）

644 The place where he works is here.
這 地方 在那兒 他 工作 是在這裡

＝他工作的地方是在這裡。

句子說明

641 本句的 friend 和 who 之間有個逗號，此詞的 who lives in Hualien 不是子句強調區形容名詞 friend，而是補充說明「friend」，文法上稱這裡的 who lives in Hualien 叫做「補述型子句」。要特別注意，不要弄混。

642、643 這二句是用 whose 帶頭的子句當強調區，形容前面的名詞（如此二例句的 man 和 dog），也是子句強調區的一種，作者將它們命名為「子句強調區的第二種形式」。這種句型中的 whose 可譯成「他的、牠的、它的……」，是屬於「所有格」，所以

說·寫

至少背10次，背熟後，再寫寫看。說說看！下列的話英語怎麼說，

中翻英測驗

641 我拜訪了我的朋友，他住在花蓮。

642 那位帽子是紅色的人是湯姆。

643 我喜愛那隻毛髮是棕色的狗。

644 他工作的地方是在這裡。

聽

MP3-204

號填入括弧中。英語句子對應的編聽聽看！把聽到的

聽力測驗

（1）（　　）（2）（　　）（3）（　　）（4）（　　）

解答：（1）644（2）642（3）643（4）641

本測驗也可由同學當考官，唸英語給其它同學聽，不但可以練習唸英語，而且很有趣，效果加倍。

也叫做「關係代名詞所有格」。

644、645 當被形容的名詞是地方（如 place）的時候，子句強調區改由 where 帶頭；若被形容的名詞是時間（如 day）的時候，子句強調區改由 when 帶頭。這種子句強調區作者將它們命名為「子句強調區的第三種形式」，是屬於「搭配型」的子句強調區，地方搭配 where；時間搭配 when。但是英文有個習慣，時間搭配的 when 可以省略，要知道。

讀

MP3-205

每讀完一次，就將下列白點塗黑一個，留下用功的記錄●●●●●●●●●●
讀讀看！會讀後，多讀多唸、讀熟讀透，讀到可以脫口而出。

要進入新的主題囉！▶放在名詞後面的形容詞⑦子句強調區（第三種形式）（續）

645 The day (when) I met him was last Saturday.
那 天 在那時 我遇見 他 是 上 週六

= The day I met him was last Saturday.

＝我遇見他的那一天是上週六。

要進入新的主題囉！▶放在名詞後面的形容詞⑦子句強調區（第四種形式）

646 I don't like such a boy as tells lies.
我 不 喜歡 如此的一 男孩 他呢像 說 謊

＝我不喜歡像這樣說謊的男孩。

647 I don't buy the same cellphone as you have.
我 不 買 這 相同的 手機 它呢像 你 有

＝我不買像你有的相同的手機。

648 He is as good a boy as Tom is.
他 是 如此地 好的 一 男孩 他呢像 湯姆 是

＝他是像湯姆一樣好的男孩。

句子說明

646～648 當句子前段出現 such、the same、as 時，因為 such...as、the same...as、as...as，是英文的習慣搭配，所以關係代名詞常改為 as（第二個 as）。這種由 as 帶頭的子句強調區，作者將它們命名為「子句強調區的第四種形式」，是屬於「搭檔型」的子句強調區。關係代名詞 as 不但代表前面被強調的名詞，而且有「像」的含意。

說說看！下列的話英語怎麼說，至少背10次，背熟後，再寫寫看。

中翻英測驗

645 我遇見他的那一天是上週六。

646 我不喜歡像這樣說謊的男孩。

647 我不買像你有的相同的手機。

648 他是像湯姆一樣好的男孩。

MP3-206

聽聽看！把聽到的英語句子對應的編號填入括弧中。

聽力測驗

（1）（　　　）（2）（　　　）（3）（　　　）（4）（　　　）

解答：（1）648（2）645（3）647（4）646

本測驗也可由同學當考官，唸英語給其它同學聽，不但可以練習唸英語，而且很有趣，效果加倍。

※ 子句強調區因為表達的需要不只是以上四種。英語是活的，不能死板觀念。另外，特別提一個文法名詞叫做「名詞先行詞」，它就是以上諸多例句中所提到的、被形容的名詞，因為它走在強調區之前，所以也叫做「名詞先行詞」。

讀

MP3-207

每讀完一次，就將下列白點塗黑一個，留下用功的記錄●●●●●●●●●●
讀讀看！會讀後，多讀多唸、讀熟讀透，讀到可以脫口而出。

要進入新的主題囉！▶複合關係代名詞 what

649 **This is the robot that makes me happy.**

這 是 那 機器人 它呢 使 我 快樂的

＝這是使我快樂的機器人。

650 **This is what makes me happy.**

這 是……的東東 使 我 快樂的

＝這是使我快樂的東西。

句子說明

649、650 當我們把被形容的名詞先行詞 robot 和關係代名詞（that）用一個字 what 取代，則意思變成「這是使我快樂的東東」，意思變得比較含糊。這個 what 文法上叫做「複合關係代名詞」。what 當複合關係代名詞時，所帶的子句就是我們讀過的「疑問詞子句」。疑問詞子句具有名詞功能，可在大句子中擔任主詞、受詞或補語，是英文

至少背10次，背熟後，再寫寫看。說說看！下列的話英語怎麼說，

中翻英測驗

649 這是使我快樂的機器人。

650 這是使我快樂的東西。

MP3-208

號填入括弧中。英語句子對應的編聽聽看！把聽到的

聽力測驗

（1）（　　）（2）（　　）

解答：（1）650（2）649

本測驗也可由同學當考官，唸英語給其它同學聽，不但可以練習唸英語，而且很有趣，效果加倍。

談「事」的表達方式之一。本句中的 what makes me happy 就是複合關係代名詞 what 帶的疑問詞子句，在大句中是在 be 動詞 is 後面當補語。what 當複合關係代名詞時，也就是疑問詞子句帶頭的 what，要譯成「……的東東」而不是「什麼」。另外，複合關係代名詞還有其他字詞，what 只是其中之一。

The people who get on in this world are the people who get up and look for circumstances they want, and if they cannot find them, make them.

世上成功的人們乃是奮力、尋找他們想要的機運的人，如果找不到則自己去開創。

～ **Bernard Shaw 蕭伯納**

LEVEL 7

讀

MP3-209

每讀完一次，就將下列白點塗黑一個，留下用功的記錄●●●●●●●●●
讀讀看！會讀後，多讀多唸、讀熟讀透，讀到可以脫口而出。

要進入新的主題囉！▶常見問句① what 問句

651 **According to the reading, what makes a trip fun?**
根據 這 閱讀 什麼 使 一旅行有趣的

＝根據這篇閱讀，什麼使一個旅行有趣？

652 **What is a good way to learn a foreign language?**
什麼 是一 好的 方法 去 學習 一 外國的 語言

＝什麼是學習外國語言好的方法？

653 **What did Mr. Wang do for Amy?**
什麼（助動詞） 王先生 做 為 艾咪

＝王先生為艾咪做了什麼？

654 **What does "ABC" mean in the letter?**
什麼（助動詞） ABC 意指 在 這 信中

＝在這封信中，「ABC」意指什麼？

655 **What does the doctor mean by saying Amy is skinny?**
什麼（助動詞）這 醫生 意指 藉 說 艾咪 是 皮包骨的；很瘦的

＝這醫生說艾咪很瘦是指什麼意思？

656 **What is the best name for the display in Taipei?**
什麼 是 這 最好的 名字 給 這 展覽 在 台北

＝什麼是給這個在台北的展覽最好的名字？

句子說明

652 to learn a foreign language 是不定詞片語當強調區，形容名詞 way，譯成「學習外國語言的方法」。

655 句中 by（藉）是介詞，介詞後碰到動詞時，動詞要改成動名詞（saying），動名詞就是名詞，才可以當介詞的受詞。

說・寫

至少背10次，背熟後，再寫寫看。說說看！下列的話英語怎麼說，

中翻英測驗

651 根據這篇閱讀，什麼使一個旅行有趣？

652 什麼是學習外國語言好的方法？

653 王先生為艾咪做了什麼？

654 在這封信中，「ABC」意指什麼？

655 這醫生說艾咪很瘦是指什麼意思？

656 什麼是給這個在台北的展覽最好的名字？

聽

MP3-210

號填入括弧中。英語句子對應的編聽聽看！把聽到的

聽力測驗

(1) (　　) (2) (　　) (3) (　　) (4) (　　)

(5) (　　) (6) (　　)

解答：(1) 652 (2) 656 (3) 655 (4) 651 (5) 654 (6) 653

本測驗也可由同學當考官，唸英語給其它同學聽，不但可以練習唸英語，而且很有趣，效果加倍。

656 介詞片語 for the display 是當強調區，形容名詞 name，譯成「（給）這個展覽的名字」；介詞片語 in Taipei 也是當強調區，形容名詞 display，譯成「在台北的展覽」。所以本句有二個強調區，譯成「（給）這個在台北的展覽的名字」。

讀

MP3-211

每讀完一次，就將下列白點塗黑一個，留下用功的記錄●●●●●●●●●●
讀讀看！會讀後，多讀多唸、讀熟讀透，讀到可以脫口而出。

要進入新的主題囉！▶常見問句① what 問句（續）

657 What can we infer from the story?
什麼 能 我們 推論 從 這 故事
＝從這故事我們能推論什麼？

658 What lesson does the story give us?
什麼 教訓（助動詞）這 故事 給 我們
＝這故事給我們什麼教訓？

659 What is most likely the writer's job?
什麼 是 最 可能的 作者的 工作
＝這作者最可能的工作是什麼？

660 What does Tom think of this case?
什麼（助動詞）湯姆 考量 這 案子
＝這案子湯姆考量著什麼？

661 What is the relationship between Tom and Amy?
什麼 是 這 關係 在湯姆和艾咪之間
＝湯姆和艾咪之間是什麼關係？

662 What is the best title for the reading?
什麼 是 這 最好的標題 給 這 閱讀
＝什麼是給這篇閱讀最好的標題？

663 What is the shortest route for us?
什麼 是 這 最短的 路線 對 我們
＝對我們而言什麼是最短的路線？

661 between Tom and Amy 是介詞片語當強調區，形容名詞 relationship，譯成「（在）湯姆和艾咪之間的關係」。

說・寫

至少背10次，背熟後，再寫寫看。說說看！下列的話英語怎麼說，

中翻英測驗

657 從這故事我們能推論什麼？

658 這故事給我們什麼教訓？

659 這作者最可能的工作是什麼？

660 這案子湯姆考量著什麼？

661 湯姆和艾咪之間是什麼關係？

662 什麼是給這篇閱讀最好的標題？

663 對我們而言什麼是最短的路線？

聽

MP3-212

號填入括弧中。英語句子對應的編聽聽看！把聽到的

聽力測驗

(1)(　　)(2)(　　)(3)(　　)(4)(　　)

(5)(　　)(6)(　　)(7)(　　)

解答：(1) 658 (2) 662 (3) 659 (4) 657 (5) 661 (6) 663 (7) 660

本測驗也可由同學當考官，唸英語給其它同學聽，不但可以練習唸英語，而且很有趣，效果加倍。

662 for the reading 是介詞片語當強調區，形容名詞 title，譯成「給這篇閱讀的標題」。

讀

MP3-213

每讀完一次，就將下列白點塗黑一個，留下用功的記錄●●●●●●●●●●
讀讀看！會讀後，多讀多唸、讀熟讀透，讀到可以脫口而出。

要進入新的主題囉！▶常見問句① what 問句（續）

664 **What is true about Tom's experience in Taipei?**
什麼 是 真的 關於 湯姆的 經驗 在 台北

＝關於湯姆的台北經驗什麼是真的？

665 **What did you want to do by performing?**
什麼（助動詞）你 想要 去 做 藉 表演

＝你想藉這個表演做什麼？

666 **According to the reading, what might "ABC" be?**
根據 這 閱讀 什麼 可能 ABC 是

＝根據這篇閱讀，「ABC」可能是什麼？

667 **According to the note, what could be a question that he asks Tom?**
根據 這 公告 什麼 可能 是一 問題 它呢 他 問 湯姆

＝根據這公告，什麼可能是他問湯姆的問題？

668 **What is the reading mainly about?**
什麼 是 這 閱讀 主要地 關於

＝這篇閱讀主要是關於什麼？

669 **What can we conclude from the reading?**
什麼 能 我們 結論 從 這 閱讀

＝從這篇閱讀我們能結論什麼？

句子說明

664 in Taipei 是介詞片語，加上去的目的是當強調區，形容名詞 experience，譯成「（在）台北的經驗」。

666 might 是 may 的過去式，是助動詞，常譯成「可以；可能」。

說・寫

至少背10次，背熟後，再寫寫看。說說看！下列的話英語怎麼說，

中翻英測驗

664 關於湯姆的台北經驗什麼是真的？

665 你想藉這個表演做什麼？

666 根據這篇閱讀，「ABC」可能是什麼？

667 根據這公告，什麼可能是他問湯姆的問題？

668 這篇閱讀主要是關於什麼？

669 從這篇閱讀我們能結論什麼？

聽

MP3-214

號填入括弧中。英語句子對應的編聽聽看！把聽到的

聽力測驗

(1) (　　) (2) (　　) (3) (　　) (4) (　　)

(5) (　　) (6) (　　)

解答：(1) 667 (2) 665 (3) 669 (4) 666 (5) 668 (6) 664

本測驗也可由同學當考官，唸英語給其它同學聽，不但可以練習唸英語，而且很有趣，效果加倍。

667 that he asks Tom 是關係代名詞 that 帶的子句當強調區，形容名詞 question，譯成「他問湯姆的問題」。

讀

MP3-215

每讀完一次，就將下列白點塗黑一個，留下用功的記錄●●●●●●●●●●●讀讀看！會讀後，多讀多唸、讀熟讀透，讀到可以脫口而出。

要進入新的主題囉！▶常見問句① what 問句（續）

670 What can we learn about ABC Pizza from the ad?
什麼 能 我們 獲悉 關於 ABC 披薩 從 這 廣告
＝從這個廣告，我們能獲悉些什麼關於 ABC 披薩的？

671 What can we infer from the dialogue?
什麼 能 我們 推論 從 這 對話
＝從這對話中，我們能推論什麼？

672 What does "ABC" mean in the dialogue?
什麼（助動詞）ABC 意指 在 這 對話
＝在這對話中，「ABC」意指什麼？

673 What did the writer mean when she said, " I didn't love you."?
什麼（助動詞）這 作者 意指 當 她 說 我 不 愛 你
＝當這作者她說「我不愛你」，這作者意指什麼？

674 What does Pam think about Amy's dress?
什麼（助動詞）潘 想 關於 艾咪的 衣服
＝對艾咪的衣服，潘考量著什麼？

675 What happened to people? ＝人們怎麼了？
什麼 發生 於 人們

句子說明

670 learn 可以譯成「學習」或「獲悉」。

說・寫

至少背10次，背熟後，再寫寫看。說說看！下列的話英語怎麼說，

中翻英測驗

670 從這個廣告，我們能獲悉些什麼關於 ABC 披薩的？

671 從這對話中，我們能推論什麼？

672 在這對話中，「ABC」意指什麼？

673 當這作者她說「我不愛你」，這作者意指什麼？

674 對艾咪的衣服，潘考量著什麼？

675 人們怎麼了？

聽

MP3-216

號填入括弧中。英語句子對應的編聽聽看！把聽到的

聽力測驗

(1) (　　) (2) (　　) (3) (　　) (4) (　　)

(5) (　　) (6) (　　)

解答：(1) 672 (2) 675 (3) 673 (4) 670 (5) 674 (6) 671

本測驗也可由同學當考官，唸英語給其它同學聽，不但可以練習唸英語，而且很有趣，效果加倍。

讀

MP3-217

每讀完一次，就將下列白點塗黑一個，留下用功的記錄●●●●●●●●●●
讀讀看！會讀後，多讀多唸、讀熟讀透，讀到可以脫口而出。

要進入新的主題囉！▶常見問句① what 問句（續）

676 **What happened to people who take medicine to lose weight?**
什麼 發生 於 人們 他們呢 服 藥 減 重量

＝什麼發生於那些服藥減重的人們？
＝那些服藥減重的人們怎麼了？

677 **What is the main reason that Tom wrote the letter?**
什麼 是 這 主要的 理由 它呢 湯姆 寫 這 信

＝什麼是湯姆寫這封信的主要理由？

678 **What does Tom do?** ＝湯姆是做什麼的？（問職業）
什麼 （助動詞） 湯姆 做

679 **What does Tom do for Amy?** ＝湯姆為艾咪做什麼？
什麼 （助動詞） 湯姆 做 為 艾咪

680 **At what time did Tom and Amy most likely arrive at the shopping center?**
在 什麼 時間 （助動詞） 湯姆 和 艾咪 最 可能 抵達 在 這 購物 中心

＝湯姆和艾咪最可能什麼時候抵達購物中心？

681 **What do we know about Tom from the reading?**
什麼 （助動詞） 我們 知道 對於 湯姆 從 這 閱讀

＝從這篇閱讀，我們對湯姆了解了什麼？

句子說明

676 who take medicine to lose weight 是關係代名詞 who 帶的子句當強調區，形容名詞 people，譯成「服藥減重的人們」。

677 that Tom wrote the letter 是關係代名詞 that 帶的子句當強調區，形容名詞 reason，譯成「湯姆寫這封信的理由」。

說說看！下列的話英語怎麼說，至少背10次，背熟後，再寫寫看。

中翻英測驗

676 什麼發生於那些服藥減重的人們？

＝那些服藥減重的人們怎麼了？

677 什麼是湯姆寫這封信的主要理由？

678 湯姆是做什麼的？（問職業）

679 湯姆為艾咪做什麼？

680 湯姆和艾咪最可能什麼時候抵達購物中心？

681 從這篇閱讀，我們對湯姆了解了什麼？

聽

MP3-218

聽聽看！把聽到的英語句子對應的編號填入括弧中。

聽力測驗

(1)（　　）(2)（　　）(3)（　　）(4)（　　）

(5)（　　）(6)（　　）

解答：(1) 677 (2) 676 (3) 680 (4) 679 (5) 681 (6) 678

本測驗也可由同學當考官，唸英語給其它同學聽，不但可以練習唸英語，而且很有趣，效果加倍。

680 本句是把介詞片語 at what time 移到句首。以英文的習慣，具有副詞功能的字詞、介詞片語、子句常移到句首，先講引起人的注意，術語上叫做「加強語氣」。

讀

MP3-219

每讀完一次，就將下列白點塗黑一個，留下用功的記錄●●●●●●●●●●●●
讀讀看！會讀後，多讀多唸、讀熟讀透，讀到可以脫口而出。

要進入新的主題囉！▶常見問句① what 問句（續）

682 What can be bought at ABC MART?
什麼 能 被 買 在 ABC MART
＝在 ABC MART 能買到什麼？

683 What is this article for?
什麼 是 這 文章 為
＝這篇文章是做什麼的？＝為什麼寫這篇文章？

684 What is Amy worried about? ＝艾咪對什麼感到擔心？
什麼 是 艾咪 感到擔心的 對

685 What language is used in ABC Times?
什麼 語言 被利用 在 ABC 時報
＝在 ABC 時報使用什麼語言？

686 What kind of person does the writer think Tom is?
什麼 種類 的 人 （助動詞）這 作者 認為 湯姆 是
＝這作者認為湯姆是什麼種類的人？

687 What does "painting" mean to Tom?
什麼（助動詞） painting 意指 對 湯姆
＝「painting」這個字對湯姆意指什麼（有什麼意義）？

688 What time is the movie that Jack and Tom decide to see?
什麼 時間 是 那 電影 它呢 傑克 和 湯姆 決定 去 看
＝傑克和湯姆決定看的電影幾點幾分開演？

句子說明

684 worried 是感受型動詞 worry（使……擔心）的過去分詞，譯成「感到擔心的」，是形容詞功能，在 be 動詞 is 後面當補語。所以這裡的 is worried 不是被動式。※ 過去分詞本身就具有形容詞功能，譯成「……的」，只是感受型動詞的過去分詞，特別譯成「感到……的」。

說•寫

至少背10次，背熟後，再寫寫看。說說看！下列的話英語怎麼說，

中翻英測驗

682 在 ABC MART 能買到什麼？

683 這篇文章是做什麼的？＝為什麼寫這篇文章？

684 艾咪對什麼感到擔心？

685 在 ABC 時報使用什麼語言？

686 這作者認為湯姆是什麼種類的人？

687 「painting」這個字對湯姆意指什麼（有什麼意義）？

688 傑克和湯姆決定看的電影幾點幾分開演？

聽

MP3-220

聽聽看！把聽到的英語句子對應的編號填入括弧中。

聽力測驗

（1）（　　）（2）（　　）（3）（　　）（4）（　　）

（5）（　　）（6）（　　）（7）（　　）

解答：（1）687（2）686（3）684（4）688（5）682（6）685（7）683

本測驗也可由同學當考官，唸英語給其它同學聽，不但可以練習唸英語，而且很有趣，效果加倍。

685 is used 是現在簡單式被動，是被動式。

688 that Jack and Tom decide to see 是關係代名詞 that 帶的子句當強調區，形容名詞 movie，譯成「傑克和湯姆決定看的電影」。

讀

MP3-221

每讀完一次，就將下列白點塗黑一個，留下用功的記錄●●●●●●●●●●
讀讀看！會讀後，多讀多唸、讀熟讀透，讀到可以脫口而出。

要進入新的主題囉！▶常見問句① what 問句（續）

689 **What does Amy's father ask her to do in the letter?**
什麼（助動詞）艾咪的 父親 要求 她 去 做 在 這 信裡
＝在這封信中，艾咪的父親要求她做什麼？

690 **What does "They" mean in the profile?**
什麼（助動詞）They 意指 在 這個人簡介中
＝在這個人的簡介中，「They」意指什麼？

691 **What is the letter written for?**
什麼 這 信 被寫 為
＝這封信為了什麼被寫？＝寫這封信是為了什麼？

692 **From what the doctor said, which is not the right meal**
從 這醫生說的東東 哪一 不是 這 對的 餐
for Tom?
對 湯姆
＝從醫生談的內容，哪一項對湯姆不是對的餐？

要進入新的主題囉！▶常見問句② which 問句

693 **Which of the following movies can students go to**
哪一 （屬於）下列的電影（的） 能 學生 去
after school?
放學後
＝下列的電影的哪一部，學生在放學後能去看？

句子說明

691 is written（被寫）是現在簡單式被動，是被動式。

692 what the doctor said 是疑問詞子句當介詞 from 的受詞，其中 what 是複合關係代名詞，譯成「……的東東」。

說・寫

至少背10次，背熟後，再寫寫看。說說看！下列的話英語怎麼說，

中翻英測驗

689 在這封信中，艾咪的父親要求她做什麼？

690 在這個人的簡介中，「They」意指什麼？

691 這封信為什麼被寫？＝寫這封信是為了什麼？

692 從醫生談的內容，哪一項對湯姆不是對的餐？

693 下列的電影的哪一部，學生在放學後能去看？

聽

MP3-222

號填入括弧中。英語句子對應的編聽聽看！把聽到的

聽力測驗

（1）（　　）（2）（　　）（3）（　　）（4）（　　）

（5）（　　）

解答：（1）693（2）690（3）692（4）689（5）691

本測驗也可由同學當考官，唸英語給其它同學聽，不但可以練習唸英語，而且很有趣，效果加倍。

693 介詞 of 常譯成「屬於⋯⋯的」或「的」。譯成「屬於⋯⋯的」時，of 所帶的介詞片語（如本句的 of the following movies）是當強調區，形容前面的名詞 which，本句的 which 要當成「名詞」看待。

讀

MP3-223

每讀完一次，就將下列白點塗黑一個，留下用功的記錄●●●●●●●●●●●
讀讀看！會讀後，多讀多唸、讀熟讀透，讀到可以脫口而出。

要進入新的主題囉！▶常見問句② which 問句（續）

694 In which of the following months is Taipei the coldest?
在 哪一 屬於 這 下列的 月份 是 台北 這 最冷的
＝在下列月份裡的哪一個月份，台北是最冷的？

695 Which book might the writer be most interested in?
哪一 書 可能 這 作者 是 最 感到興趣的 於
＝哪一本書是這作者最感興趣的？

696 In which lesson will you most likely find these two sentences?
（在）哪一課（之中）將 你 最 可能地 找到 這些 二個 句子
＝在哪一課中你最可能找到這二個句子？

697 Which is true about the movie in the poster?
哪一 是 真的 關於 這 電影 在這海報之中
＝關於海報中的電影哪一個是真實的？

698 Which classes have more boys than girls?
哪些 班 有 較多的 男孩 比 女孩
＝哪些班男孩較女孩多？

句子說明

695 助動詞 might 是 may 的過去式，interested 是感受型動詞（interest 使興趣）的過去分詞，譯成「感到興趣的」。

697 in the poster 是介詞片語當強調區，形容名詞 movie，譯成「（在）海報中的電影」。

說・寫

至少背10次，背熟後，再寫寫看。說說看！下列的話英語怎麼說，

中翻英測驗

694 在下列月份裡的哪一個月份，台北是最冷的？

695 哪一本書是這作者最感興趣的？

696 在哪一課中你最可能找到這二個句子？

697 關於海報中的電影哪一個是真實的？

698 哪些班男孩較女孩多？

聽

MP3-224

號填入括弧中。英語句子對應的編聽聽看！把聽到的

聽力測驗

(1)(　　)(2)(　　)(3)(　　)(4)(　　)

(5)(　　)

解答：(1) 695 (2) 697 (3) 694 (4) 698 (5) 696

本測驗也可由同學當考官，唸英語給其它同學聽，不但可以練習唸英語，而且很有趣，效果加倍。

698 本句中，疑問詞片語 which classes 是當主詞。

讀

MP3-225

每讀完一次，就將下列白點塗黑一個，留下用功的記錄●●●●●●●●●●
讀讀看！會讀後，多讀多唸、讀熟讀透，讀到可以脫口而出。

要進入新的主題囉！▶常見問句② which 問句（續）

699 **Which is not mentioned in the reading to say "Tom is a student."?**
哪一 沒 被提及 在 這 閱讀中 去 說 湯姆 是位 學生

＝在這篇閱讀中，哪一項沒被提及說「湯姆是位學生」？

700 **Which song does not change its place this week?**
哪一 歌 沒 改變 它的 名次 這 週

＝本週，哪一首歌沒有改變它的名次？

701 **Which team will play in the final round?**
哪一 隊 將 參加 在 這 最後的 循環

＝哪一隊將參加決賽？

要進入新的主題囉！▶常見問句③ how 問句

702 **How did Mrs. Kao feel before Tom called?**
如何（助動詞）太太高 感覺（在）湯姆來電（之前）

＝在湯姆來電前，高太太感覺如何？

要進入新的主題囉！▶常見問句④ how many 問句

703 **How many people are there in Tom's family?**
多少 人 有 在 湯姆的家

＝在湯姆的家中有多少人？

句子說明

699 is mentioned 是現在簡單式被動，是被動式。

說・寫

至少背10次，背熟後，再寫寫看。說說看！下列的話英語怎麼說，

中翻英測驗

699 在這閱讀中，哪一項沒被提及說「湯姆是位學生」？

700 本週，哪一首歌沒有改變它的名次？

701 哪一隊將參加決賽？

702 在湯姆來電前，高太太感覺如何？

703 在湯姆的家中有多少人？

聽

MP3-226

號填入括弧中。英語句子對應的編聽聽看！把聽到的

聽力測驗

(1) (　　) (2) (　　) (3) (　　) (4) (　　)

(5) (　　)

解答：(1) 702 (2) 700 (3) 703 (4) 701 (5) 699

本測驗也可由同學當考官，唸英語給其它同學聽，不但可以練習唸英語，而且很有趣，效果加倍。

703 there are 是「有」，疑問句改成 are there。

讀

MP3-227

每讀完一次，就將下列白點塗黑一個，留下用功的記錄●●●●●●●●●●
讀讀看！會讀後，多讀多唸、讀熟讀透，讀到可以脫口而出。

要進入新的主題囉！▶常見問句④ how many 問句（續）

704 How many songs listed above are new this week?

多少 歌 被列 在上 是 新的 這 週

＝本週，被列在上面的多少歌是新的？＝本週，多少上列的歌是新的？

705 How many different ways do the girls use to go to school?

多少 不同的 方式 (助動詞)這些 女孩 使用 去上學

＝這些女孩們使用多少不同方式去上學？

706 How many pills of ABC did Amy get?

多少 藥丸 (屬於) ABC (的) (助動詞) 艾咪 拿

＝艾咪拿到多少 ABC 的藥丸？

要進入新的主題囉！▶常見問句⑤ how much 問句

707 How much will they have to pay? ＝他們必須付多少錢？

多少錢 將 他們 必須 付

要進入新的主題囉！▶常見問句⑥ how old 問句

708 How old were Tony and Tom when they left Taipei?

幾歲 是 湯尼 和 湯姆 當 他們 離開 台北

＝當離開台北時，湯尼和湯姆幾歲？

704 listed 是 list（列表）的過去分詞，在此譯成「被列」，listed above（被列在上）是過去分詞片語當強調區，形容名詞 songs，譯成「被列在上面的歌」。

說・寫

至少背10次，背熟後，再寫寫看。說說看！下列的話英語怎麼說，

中翻英測驗

704 本週，被列在上面的多少歌是新的？

＝本週，多少上列的歌是新的？

705 這些女孩們使用多少不同方式去上學？

706 艾咪拿到多少 ABC 的藥丸？

707 他們必須付多少錢？

708 當離開台北時，湯尼和湯姆幾歲？

聽

MP3-228

號填入括弧中。英語句子對應的編聽聽看！把聽到的

聽力測驗

（1）（　　）（2）（　　）（3）（　　）（4）（　　）

（5）（　　）

解答：（1）707（2）706（3）704（4）708（5）705

本測驗也可由同學當考官，唸英語給其它同學聽，不但可以練習唸英語，而且很有趣，效果加倍。

706 介詞 of 常譯成「屬於……的」或「的」。譯成「屬於……的」時，of 帶的介詞片語（如本例句的 of ABC）常是扮演強調區角色，形容前面的名詞（本例句的 pills）。

讀

MP3-229

每讀完一次，就將下列白點塗黑一個，留下用功的記錄●●●●●●●●●●
讀讀看！會讀後，多讀多唸、讀熟讀透，讀到可以脫口而出。

要進入新的主題囉！▶常見問句⑦ when 問句

709 **When will be the best time for her?**
何時 將 是 這 最好的 時機 對 她

＝何時將是對她最好的時機？

要進入新的主題囉！▶常見問句⑧ why 問句

710 **Why does Amy think it is a good idea to study English?**
為何（助動詞）艾咪 認為 它是一 好的 主意 去 研習 英文

＝為何艾咪認為研習英文是一個好主意？

要進入新的主題囉！▶常見問句⑨ who 問句

711 **Who is "she" in the second paragraph?**
誰 是 she 在第二段裡

＝在第二段裡，「she」是指誰？

712 **Who in the picture is Tom?** ＝在這照片裡的誰是湯姆？
誰 在 這 照片裡 是 湯姆

713 **Who may need the service of ABC MART most?**
誰 可能 需要 服務 屬於ABC MART的 最

＝誰可能最需要 ABC MART 的服務？

句子說明

709 for her 是當強調區，形容名詞 time。

712 in the picture 是介詞片語當強調區，形容前面的 who，本句的 who 是疑問詞，但也可當成「名詞」看待，所以可加強調區。

713 介詞片語 of ABC MART（譯成：屬於 ABC MART 的）是當強調區，形容名詞 service。

說說看！下列的話英語怎麼說，至少背10次，背熟後，再寫寫看。

中翻英測驗

709 何時將是對她最好的時機？

710 為何艾咪認為研習英文是一個好主意？

711 在第二段裡，「she」是指誰？

712 在這照片裡的誰是湯姆？

713 誰可能最需要 ABC MART 的服務？

MP3-230

聽聽看！把聽到的英語句子對應的編號填入括弧中。

聽力測驗

（1）（　　）（2）（　　）（3）（　　）（4）（　　）

（5）（　　）

解答：（1）712（2）710（3）713（4）709（5）711

本測驗也可由同學當考官，唸英語給其它同學聽，不但可以練習唸英語，而且很有趣，效果加倍。

most 在本句中當副詞，形容動詞 need，譯成「最」。※most 若當形容詞，譯成「大部分的」，譬如 most people（大部分的人）。most 若當不定代名詞，譯成「大部分」，譬如 most of the boys（這些男孩們中的大部分＝大部分的男孩們）。同一個字常有多種詞性，不同的詞性就有不同的功能和用法，學英語要深入探究，才會進步、提升水平。

國家圖書館出版品預行編目資料

基礎英語必修700句速成 /王忠義著
--初版--臺北市：瑞蘭國際,2016.03
256面；17×23公分 --（繽紛外語系列；53）
ISBN：978-986-5639-58-7（平裝附光碟片）
1.英語 2.句法
805.169 105001874

繽紛外語系列 53

基礎英語必修
700句速成

作者｜王忠義
責任編輯｜林家如、王愿琦、紀珊
校對｜王忠義、林家如、王愿琦、紀珊

英語錄音｜史玫琍 · 中文錄音｜紀珊 · 錄音室｜純粹錄音後製有限公司
封面、版型設計｜劉麗雪 · 內文排版｜陳如琪

董事長｜張暖彗 · 社長兼總編輯｜王愿琦 · 主編｜葉仲芸
編輯｜潘治婷 · 編輯｜紀珊 · 編輯｜林家如 · 設計部主任｜余佳憓
業務部副理｜楊米琪 · 業務部專員｜林湲洵 · 業務部專員｜張毓庭

出版社｜瑞蘭國際有限公司 · 地址｜台北市大安區安和路一段 104 號 7 樓之一
電話｜(02)2700-4625 · 傳真｜(02)2700-4622 · 訂購專線｜(02)2700-4625
劃撥帳號｜19914152 瑞蘭國際有限公司
瑞蘭網路書城｜www.genki-japan.com.tw

總經銷｜聯合發行股份有限公司 · 電話｜(02)2917-8022、2917-8042
傳真｜(02)2915-6275、2915-7212 · 印刷｜宗祐印刷有限公司
出版日期｜2016 年 03 月初版 1 刷 · 定價｜320 元 · ISBN｜978-986-5639-58-7